GAEA

GAEA

After Sun Goes Down

日落後

長篇12

星子──著
BARZ──插畫

日落後

角色介紹

張意

原本是只想好好過日子的黑社會，但擁有能抵抗黑夢的結界潛力，被「畫之光」頭目伊恩相中成為接班人。在台中與黑摩組的攻防戰中，意外發現自己能藉著之前到手的莫小非黑夢戒指，與黑夢中的壞腦袋溝通……

長門櫻

伊恩的養女，畫之光夜天使的成員，以三味線為武器。因為幼時的悲劇，聽不見，也無法說話，平時靠白色九官鳥神官與外界溝通。共患難後，認定張意為人生伴侶。

伊恩

畫之光的創辦者與首領。在黑夢結界中遇到張意，發現了張意對抗黑夢的潛能，選擇了張意作為自己的接班人。因為鬼噬咒，現在只剩下一隻手與一隻眼。在協會魏云醫生的幫助之下，延長了開眼時間。

摩魔火

紅毛蜘蛛，伊恩的隨身侍從，也擔任畫之光夜天使教官，自稱是張意的「師兄」。利用蛛絲操縱張意的四肢在戰場上活躍。最怕的是被封在伊恩愛刀七魂裡的老婆——雪姑。

孫青蘋

與外公種草人孫大海相依為命、目標成為私家偵探的大學生。遭黑摩組攻擊失散後，與靈能者協會除魔師盧奕翰及夜路同行。輾轉來到古井結界，向穆婆婆學習操控神草，慢慢累積實力、與協會眾人一齊對抗黑夢……

盧奕翰

靈能者協會的除魔師。體內封印著餓死小鬼，能將吃入肚子的食物轉化為施法戰鬥用的魄質，不過平時都讓小鬼沉睡著，只在必要時刻喚醒。

夜路

作家，代表作為《夜英雄》系列。同時也是轉包靈能者協會外包案件的仲介人。體內被封著鬆獅魔與老貓魔駱有財，可以靠著這一貓一狗作戰。

安娜

獨來獨往的異能者，平時接受協會的外包案件、賺取酬勞。人脈寬廣、手腕高明。因為操使著一頭長髮，而被通稱為「長髮安娜」。成功將穆婆婆帶離宜蘭後，在台中與協會共同構築防禦中……

郭曉春

天才傘師。能自由揮灑從爺爺阿滿師處學得的家傳絕技——十二護身傘。
現在與爺爺會合，祖孫一起守著穆婆婆。

穆婆婆

因為當年戀人葬身宜蘭蘇澳老樹古井，而隱居蘇澳、常守古井旁。雖然基本上不過問外界事情，但是黑夢大戰開打後，這口古井與老樹也成了兵家必爭之地。但因為黑夢來襲，被安娜等人下藥帶離了宜蘭……

硯天希、夏又離

硯天希是大狐魔硯先生的女兒，人狐混血的百年狐魔。小時候因為重傷，而失去肉身、被封印入夏又離體內。因緣際會，夏又離與黑摩組相遇，也發現了天希。又離與黑摩組決裂後，成為靈能者協會列管的異能者，繼續過著與天希共用身體的日子，最後捲入黑夢大戰，輾轉來到宜蘭。雖然天希腦袋混亂，導致他們互搶身體主導權、暴走多次。而後在宜蘭古井結界之戰時，天希竟然煉成了魔體，不過兩人身體仍連在一起……

黑摩組

原本隸屬於黑組織四指，但經過一連串瘋狂計畫，終於掌控了四指。以安迪為首，還有宋醫生、莫小非、邵君與鴉片等，被稱為黑摩組五人，當年眾人都沒想到過這瘋狂的小組織，將會為日落圈子帶來最恐怖的夢魘。他們以西門町為中心建立起黑夢結界，帶來了混亂與絕望。在宜蘭古井結界與穆婆婆等人硬碰硬，甚至取得了優勢，但後來遭晝之光援兵與醒來的伊恩重傷而暫時撤退。但是他們馬上調整了計畫，準備奪取協會存在台中維持防線的魄質來壯大黑夢……

日落後 —長篇— 12

目錄

01大樓中的水戰

就在老金和硯天希、夏又離尚未從被小壞腦袋影響心智的驚恐中回神之際，一陣劇烈震動令整片天花板像是受到擠壓的餅乾般崩裂開來。

碩大的巨石和混濁大水轟隆蓋下。

「哇！」張意感到手腳再次一緊，在雪姑蛛絲操縱下，倏地往妖車頂上竄去，高高橫舉起七魂，切月紅光像是幾道反向閃電，從下往上劈，將落下的巨石板塊擊碎；同時，明燈黃符煙花般炸開，在張意及妖車正上方疊開一圈狀如斗笠的圓形符籙屏障，擋開自上方落下的碎石和大水。

「好多小腦袋！」張意陡然驚喊，他的身子正被雪姑操縱，索性閉目神遊，只感到四面八方擁出更多小壞腦袋。

一群小壞腦袋在水下抱著怪魚泅近妖車，蹦出水面襲擊眾人，兩個被青蘋指揮的黃金葛打飛；兩個被老金揮來的虎爪光掌撲爆腦袋；兩個在水下被郭曉春指揮的小鯉群和土龍攔截下來。

擅長近身搏擊的盧奕翰，右拳雖然成功擊歪了小壞腦袋下巴，但拳頭與那小壞腦袋接觸的瞬間，感到一陣暈眩、頭昏眼花，彷彿閃過了回憶跑馬燈般——僅只是一瞬間而已，因爲那攀著他胳臂的小壞腦袋，被後頭第二個蹦出水面的小壞腦袋抱著咬斷了頸子。

這第二個小壞腦袋，便是剛剛受張意控制，替張意鑿地破水殺出的那五個小壞腦袋之一。

「保護妖車，別讓其他小腦袋靠近！」張意大叫地命令先前五個被他控制的小壞腦袋，要他們保護妖車，攔截其他來襲的小壞腦袋。

「嘎——」

「呀——」

兩邊小壞腦袋們嘶吼著、揮動小小的拳頭互毆，甚至張嘴噬咬對方。

上方崩落的大水和水泥板塊彷彿無止無盡，使得妖車像是身處在暴風中央的海面上，劇烈地上下起伏。

「哇……我不會游泳啊！」妖車驚恐地大哭起來。

郭曉春在七魂庇蔭下，指揮傘魔努力穩住妖車，樹人在車底結成長筏；豬仔吸飽了氣將身子鼓成浮球托住車尾；鯉兒傘的小鯉魔們和數條土龍則在妖車底部托著妖車，使妖車不致翻覆落水。

「伊恩老大，我來幫你！」青蘋從妖車駕駛座探頭出窗，指揮著黃金葛飛快竄長，爬上明燈黃符結出的圓形屏障，向外結成更寬更闊的葉盾，替底下的妖車擋石擋水。

妖車隨著不停往下灌湧的大水，一口氣向上浮起好多層樓後，大水和落石終於停歇，明燈黃符散開，眾人急急四面張望，只見上方十餘層樓的天花板都已打通落盡，四邊壁面距離妖車約莫都有數十公尺，呈方井狀；此時妖車下方壁面皆已封死，積著數十公尺深的積水和先前崩落的水泥板塊，像是刻意打造出的巨大水井，讓妖車眾人身處在有如巨大半滿的飲料盒裡一般。

遠處的四周壁面啪啦啦地再次裂開雷紋巨縫，眾人本來以為又要竄出大水，但只見那些裂縫竄出一杜杜奇異樹枝，遊蛇似地亂爬、彼此糾結，彷如蜘蛛結網般地在這巨大方井空間四周壁面上，竄長交纏出無數個猶如鳥巢、蟲穴般的巨大樹巢。

有些樹巢上的枝節長出一枚枚巨大樹果，樹果裂開，竄出一隻隻飛蟲，有些大如禽鳥、有些小如蒼蠅。

又有些枝節上生出蜿蜒莖藤，一條條莖藤蛇似地高揚甩動，尖端唰地變幻樣貌，長成了豬籠草、捕蠅草、毛氈苔等巨大食蟲植物。

「又是那些傢伙！」青蘋從四周那些古怪樹枝透出的氣息，認出那是孫大海的神草種子長出的植株，氣憤怒罵著：「那些都是我外公的神草種子！一個、兩個，還有……」她低下頭，突然尖喊：「小心水裡，水裡也有草！」

青蘋才剛說完，妖車尾端突然轟隆一震，微微翹起──

那是鼓成球狀托著車尾的傘魔豬仔，突然張口洩光肚裡的氣，奮力用屁股將妖車往前頂開老遠。

下一刻，一隻巨大詭異的犄角破水而出，穿透奮力推開妖車的豬仔肚子，將豬仔頂上半空。

那犄角模樣詭怪，乍看下狀似牛首，左右生著對稱雙角，約莫一台摩托車大小，底下連著一條長莖深入水中。

眾人驚愕之餘，只覺得那犄角模樣眼熟，但青蘋一眼便看出，那怪異犄角，是許多人都吃過的「菱角」。

尋常的菱角便只數公分寬，但這巨大菱角卻接近兩公尺長，連著底下長莖，彷如一

柄巨大戰錘。

轟隆一聲，巨菱角砸入水中，空中一道白影掠過水面，是傘魔白鶴在豬仔被巨菱角勾入水中的前一刻，飛竄將豬仔搶回郭曉春身邊。

「土龍！保護妖車——」郭曉春儘管心疼豬仔被頂穿了肚子，但戰情緊迫，只能草草將豬仔收回傘中，同時令水下的土龍和小鯉魔們協力阻止巨菱角從水下襲擊妖車。

「那也是神草種子長出來的壞東西！」青蘋氣憤地指揮黃金葛生長，在妖車周圍高高豎起三條帶葉長鞭，像是等待著巨菱角再次現身時與之一決死戰。

「原來如此啊！」夜路哼哼地說：「安迪他們害怕張意控制黑夢的能耐，所以派出一大堆花花草草、蟲子怪魚這種沒什麼大腦不怕被張意控制的鬼東西跟我們打。」

「那是什麼？」車尾，小蟲指著後方大喊起來。

眾人只見車尾方向遠處浮出幾叢巨大怪草——那怪草周圍鋪浮著十餘片門板大的三角葉片，中央生著幾朵巨大白花，白花周圍挺著數條猶如巨蟒般的彎曲莖藤，斜斜深入怪草前方水裡。

「那就是菱角啦，是菱角的花跟葉子！」青蘋探身出駕駛座，望著數十公尺外的幾朵巨大菱角花，氣憤地指揮黃金葛莖藤飛蛇般竄去，直取那些碩大得有如水上基地般的幾朵巨菱角花。

唰唰數聲，幾隻埋入水中的巨菱角再次躍出水面，與竄來的黃金葛糾纏在一塊兒。轟隆隆的金黃烈火接連炸開，青蘋下令使黃金葛大葉爆炸，炸斷巨菱角莖藤，後端的黃金葛藤葉飛快續長，捲上兩朵巨菱角花，糾纏撕扯一番，燒開一陣陣金火紫焰。

眾人正覺得青蘋的黃金葛稍微佔了上風的同時，又見到四周水面，紛紛浮出更多巨菱角花。

這些面積近達兩三坪大小的菱角花葉，活像科幻電影裡的水上堡壘，或是奇幻電影裡的恐怖水怪，拖著一條條巨菱角莖藤往妖車漂來。

同時，上方的食蟲植物莖藤飛快糾結生長，一株株巨大捕蠅草、豬籠草和毛氈苔像是凶惡魔爪般唰唰抓下；這批巨食蟲植物周圍，還飛舞著大量自樹果中生出的飛蟲。

「傘師小妞，水底交給妳，天空讓我來——」硯天希吆喝一聲，倏地鑽進夏又離胸中，再從他後背竄出。他倆像是早已計畫好戰術般，夏又離抓著一隻飛羽高高飛起；硯天希則坐在夏又離背上，雙腿箍著他頸子，像是騎著一隻大怪鳥般，騰出雙手，飛快施畫懶人手接大火咒，召出十餘隻火鷹圍繞在身前左右，直衝向上，正面迎擊那批俯衝墜下的食蟲植物和漫天飛蟲。

一團團大火在夏又離和硯天希身前左右炸開，將襲來的食蟲植物和成群飛蟲全炸成灰燼，但在這陣大火之後，迎接兩人的是更多的飛蟲和更多的巨型食蟲植物。

硯天希雙手托著符籙光團、騎著夏又離往上飛升，屁股上一條狐狸尾巴也高高甩起畫咒，甩出無數墨繪黑藤，結成幾張大網，網上攀著一群甩動舌頭捕食飛蟲的墨繪大蛙——數張黑藤大網隨著硯天希尾巴四面掃動，蒼蠅拍似地驅趕來襲惡蟲。

一群群飛蟲繞過護衛火鷹和黑藤蛙網，攻擊啃噬夏又離手中那隻飛羽，瞬間咬落大片羽毛，但兩人卻未落下；原來硯天希早一步畫咒甩出更多黑藤，與上方一條條食蟲植物莖藤、四周壁面的樹枝藤蔓糾纏在一塊兒，結出一面面有如貓跳台般的空中平台。

「蛙、鎮魄、凶爪、怒兔、大火、中火、小火！通通給我出來幫忙——」硯天希忙碌地揮動雙手和尾巴，飛快召出一批批墨繪獸，與空中怪蟲、食蟲巨草戰成一團。

一隻隻不會飛天的凶爪怪猿、爆炸怒兔、鎮魄惡犬等墨繪獸，循著黑藤和跳台攀上一株株巨型食蟲植株上大咬起來。

「殺呀，往上爬！」硯天希驅趕著墨繪獸向上進攻，還挪動姿勢，騎上夏又離脖子，雙腳箍在他胸口，高聲下令；夏又離便召出破山大手，揪著一條條黑藤，在一群墨繪凶爪怪猿攀藤開路下，持續往上攀爬。

「那又是什麼？」硯天希突然瞥見斜上方一處樹巢邊緣，那攀著一隻古怪大獸，大獸通體灰青，約莫水牛大小，樣貌卻如同雄獅，身上覆滿大大小小的菱形厚甲，連腦袋周圍那圈彷如鬃毛般的構造，也是由菱形厚甲堆疊而成——

「那獅子也是我外公的神草種子長出來的！」青蘋在下方妖車向上大叫。「那是石蓮！」

「石……蓮？」硯天希和夏又離一時還無法把超市就能買到的石蓮和獅子聯想在一起，上方那石蓮獅子獸便已經發出尖吼，凌空撲下，張大嘴巴竄向硯天希。

「管你什麼神草鬼草！」硯天希揮動破山大拳，轟隆將那石蓮獅子一拳轟得飛出老遠、身體裂成數段。

「哈哈哈！妳外公這神草種子不怎麼樣嘛！」硯天希得意洋洋地調侃底下的青蘋，她只覺得剛剛一拳打在石蓮大獅身上，和打在一顆南瓜上沒有太大分別。但她隨即聽見夏又離呼喚，轉頭望去，只見被打爛大半身體的石蓮獅，不但沒死，且還逐漸長出新體。

「哇！什麼東西！」夏又離雙手揪著數條黑藤攀在半空，見到胳臂上沾著幾塊古怪碎塊，正是剛才石蓮大獅被硯天希打裂身體時，散落在他胳臂上的石蓮葉瓣，那些葉瓣有大有小，有完整也有斷裂的，此時竟快速蠕動起來，紛紛生出一條條油亮的紅色細根，拚命往夏又離那雙破山胳臂裡鑽。

「石蓮花落地生根，小心！」青蘋在底下高聲提醒。

「落地生根？」硯天希望向自己胳臂，也見到不少碎瓣生出紅根，試著往她皮肉裡鑽，但她百年魔體煉成，一雙施以墨繪術的破山臂堅韌無比，那些石蓮葉瓣鑽不透她胳臂，便沿著她胳臂往她頸子爬，像是在尋找皮肉柔嫩處作為進攻點。

「什麼噁心東西！」硯天希連忙畫咒化出一批蛙，呱呱咬去那些生根石蓮葉瓣，又聽見腿下夏又離怪叫起來——

夏又離雙手揪著黑藤，被石蓮葉瓣爬上肩膀，甩根扎進他肩頭肉，痛得只得鬆開右手，撥打肩上的石蓮葉瓣。

他本來雙手抓著兩條藤，鬆開右手之後，身子便飛快往左邊擺盪而去。

「別慌張，我派蛙幫你……啊呀，臭獅子又來！」硯天希正畫出一批墨繪蛙擱在夏又離腦袋上，便見到那長出新身的石蓮大獅躍過幾截彎曲樹枝，蹦到了他倆頭頂上方，再次直直撲下。

硯天希高舉破山臂，一拳打進那巨獅腦袋，將整頭石蓮巨獅打得四分五裂。但她還沒來得及歡呼，便發現那碎裂的石蓮葉瓣暴雨似地自她頭頂灑下，數百片葉瓣一齊生根往兩人身子鑽，硯天希的魔體強韌不怕根扎，但她腿下的夏又離卻有如遭受百來支螺絲釘錐刺般哀號起來，鬆手往下墜落。

幾片巨大黃金葛葉片接住了他們，硯天希急忙召出更多墨繪蛙，在兩人身上來回蹦跳，咬走一片片如蟲般的石蓮葉瓣。

上方，那被擊成碎片的石蓮獅，只幾十秒便再次長回身子，又往下撲來。

一道紅黃大影躍過硯天希頭頂，上前迎戰那石蓮大獅，是老金。

老金一口咬住了石蓮大獅的頸子。

一獅一虎在空中打了個轉，落在下方幾條橫生枯枝上彈開，伏低了身子對峙起來。

石蓮獅腦袋歪斜垂落，脖子被咬去一大塊，斷頸缺口正飛快重生，缺口上無數石蓮斷瓣生出新根、長出新葉。

老金緩緩咀嚼，像是在品嚐口中葉瓣滋味。

「倒是有些新奇。」老金眼中閃起金光，嘴巴微微張開——他嘴裡那一塊塊石蓮碎瓣正飛快蠕動生根，卻扎不穿老金舌頭和口腔，全讓老金吞進了肚子。

「你們可別學我喲——」老金抹抹嘴、低下頭，用炫耀的口吻對底下妖車眾人說：「我連鋼鐵、石頭都吃，我的鐵嘴和鐵腸胃不是人人學得來的，你們吃了這些東西，肚子會穿孔喲。」

老金像是還想繼續吹噓，但只聽上方響起一聲奇異號令：「變！」石蓮獅聽了命令，啪的一聲，身子陡然散開，散成萬千片石蓮葉片，飛騰旋繞，在空中拼湊組成一隻巨鷹，倏地高飛上天。

一個巨大樹巢裡走出幾人，其中一人年邁老朽，正是協助宋醫生種這些神草的樹老師與他幾名學生。

此時樹老師眼睛綻放異光，臉上皮膚乾裂如同老樹樹皮，兩隻袖子外的手，同樣也枯硬如同樹皮。

那石蓮大鷹落在樹老師腳下那樹巢邊緣糾結的硬枝上，像是訓練有素的獵鷹般。

「那老怪物身上也有我外公種子味道——咦？難道他將種子種在自己身上？」青蘋探頭往上望，她清楚感到那樹老師全身也散發出與孫大海神草種子相近的特殊氣息，此時這寬闊的天井水樓中，同時存在著五種神草種子長出的植株——

能生出千種凶蟲的蟲樹。

能長出各種食蟲植株的巨食蟲樹。

水生植物巨菱角和落地生根石蓮獸。

再加上樹老師本人。

「等等！」一旁在窗邊護衛青蘋的夜路，扳著手指數這些神草種子種類，露出困惑的神情，說：「不太對呀，外公的神草種子不是只有七顆嗎？穆婆婆神樹、妳的黃金葛、百寶樹……這就三種了，這裡應該只有四種神草。」

「不。」青蘋搖搖頭，說：「我感覺得出來，那老傢伙身上也散發出同樣的魄質氣息，而且與另外四種都不相同，除非……」

「除非什麼？」奕翰也湊來問。

「除非那是他自己修煉出來的種子。」青蘋這麼說——她踏入日落圈子的時間雖短，但她學習認真，每日苦練操縱神草，對她家祖傳神草種子氣息熟得不能再熟，她清楚感應得到，上方那樹老師渾身透出與另四種神草種子類似卻又有些不同的氣息。

「好像不太對……」安娜踩在車頭上方，仰頭望著站在十餘層樓高處的樹老師。

「那是擬人。」伊恩正指揮著張意在妖車周圍繞走，擊殺或是獵捕一個又一個企圖襲向妖車的小壞腦袋，他見到上方指揮這些植物和飛蟲的樹老師終於登場，藍眼眨了眨，像是在感應敵人氣息變化。

「擬人？」青蘋呆了呆，問：「大頭目，你是說那老傢伙用的是……類似人身果的法術生出的假人？」

「他們不敢派真人過來。」夜路在一旁插嘴。「怕活人手下一來就被張意招降了。」

那樹老師站在高處，動作神態有些僵硬，雙手微微揚高，張開十指。他的十指彷彿已無關節，像是尋常樹枝般竄長起來，與腳下樹巢、蟲樹和食蟲樹糾纏得分不清了。

妖車底下的水翻騰得更加劇烈，四周壁面逐漸被洶湧亂長、數種神草樹的樹枝覆滿而變得褐黑一片，且不停蠕動，遠遠看去，倒像是牆壁上生了滿滿的黑蛆般。

水面不時翻出一條條古怪大魚往妖車躍去，許多小壞腦袋攀著魚背、或是抱著魚肚，趁機偷襲妖車守軍，但紛紛被受張意控制的小壞腦袋攔下。

張意在雪姑蛛絲操縱下，踩著明燈撒在水面上的符繞著妖車跑，吆喝指揮著受他控制的小壞腦袋們保護妖車。起初他手下的五隻小壞腦袋，不一會兒被咬死三隻，跟著他再虜獲四隻、增加到六隻，然後再被咬死兩、三隻，就這麼加加減減地多了十幾二十個小跟班，嘰哩呱啦地跟在他屁股後頭跑成長長一串，有些踩著符磚跑，有些泅水追著游。

郭曉春指揮著眾傘魔將妖車圍成了銅牆鐵壁，土龍在水下惡戰巨菱角、小鯉魔游擊大怪魚、白鶴在空中扒擋食蟲草、鳳凰傘鳥隊在小八、英武帶頭衝鋒下，攔截滿天飛蟲。

夜路舉著鬆獅魔彷彿成了妖車上一挺主砲，轟落一條條自水中蹦向妖車的大魚；安娜甩動長髮不時捕著大魚，拖至車尾讓小蟲在魚身兩面紋上刺青後再扔回水裡，那些被紋上兩枚刺青的大魚們，一側紋身能令他們轉而聽從小蟲指揮往巨菱角游去，潛至巨菱角底部時，小蟲再令大魚身上另一側紋身術力發動，轟地炸開，像是魚雷一樣。

砰隆兩聲，妖車又是一震。

有一隻水底巨菱角繞過了土龍，勾進化成樹筏的樹人身子裡，將樹人往下拉，像是想將樹人連同整輛妖車都拉進水底。

「哇——」妖車大半車身倏地被拉進水中，驚慌大叫起來；托著妖車的樹人則奮力掙扎，幾支蹼狀枝節不停撲拍打水，抵抗那巨菱角的拉力；四周小鯉魔紛紛游來頂著樹筏底部，卻仍不敵巨菱角怪力，使妖車逐漸下沉。

「別繼續陪他們玩水了，我們得想辦法往上！」安娜高聲提醒。

郭曉春也察覺到鯉兒傘的小鯉魔隊和土龍泥鰍隊在水中漸漸不敵那源源不絕的大魚群和巨菱角，聽安娜提醒，便直接將負傷樹人收回傘裡，讓那巨菱角抓了個空；跟著，郭曉春令白鶴伸爪搆著妖車兩側車身，將下沉的妖車一把拉出水面，緩緩往上飛升。

水下又有兩隻巨菱角突破了土龍守勢，追出水面，想將妖車勾回水裡，卻被繞至妖車車底的張意，舉起七魂令切月發動斬擊，劈斷幾隻巨菱角。

但只聽妖車上眾人同時發出驚呼，原來是拉車飛天的白鶴同時受到數條食蟲怪草攻擊，左閃右躲之餘，被捕蠅草咬住了爪子，鬆爪讓妖車直直往張意腦袋墜去。

張意抬頭見到妖車朝他墜下，嚇得抱頭驚呼，過了兩秒，卻發覺自己安然無恙；他抬頭，只見是七魂老何一雙灰色巨掌高高揚著，替他扛住了整輛妖車。

張意腳踩在明燈撒在水面的黃符上，像是踩在平地般，七魂老何抬著整輛車連同整車人，張意倒也不覺得手中的七魂重量有任何變化。

明燈以黃符在張意身邊疊出一圈環形樓梯，讓張意一步步往上奔跑，扛著妖車往上遠離水面；十幾個小壞腦袋跟在張意屁股後頭嘰嘰喳喳地一同奔上那環形符梯。

由於逐漸遠離水面，郭曉春便收闔了鯉兒傘和土龍傘，水中的巨菱角紛紛揚出水面，追擊妖車和張意，全讓切月斬裂。

偶爾也會有些飛蟲穿過鳥隊守衛，撲在張意身上亂咬，咬得張意哇哇大叫，無蹤便會現身替他捏去怪蟲。

張意跑得太急，一不小心竟然踏空，啊呀一聲本以為自己要跌下水，但他的身子連同老何巨掌抓著的妖車，不但沒有下墜，反而凌空飄浮起來。

原來是硯天希替夏又離處理完身上石蓮葉傷勢後，見老金代她開路，便退回妖車車頂，召出十數隻飛羽，以黑藤綁在妖車周圍，協助白鶴一起拉抬妖車飛天。

「繼續往上，往上——」英武和小八高叫著，雙雙領著鳥隊圍著妖車飛繞，大戰周圍飛蟲，掩護妖車持續飛升。

而在更高處，安娜和長門則已踩在幾片黃金葛大葉和墨繪黑藤跳台上，甩髮彈琴打退一株株襲來的食蟲巨草，替妖車開路。

「臭老頭，你是假人？你躲在哪裡？我外公的神草被你這怪老頭種得亂七八糟，難看死啦！」青蘋指揮著黃金葛掩護上方的長門和安娜，一面東張西望地向樹老師叫起戰來：「有種下來跟我家黃金葛單挑啊，臭老頭——」

「我本來想親自去找台北那種草人，取回剩下的種子，想不到你們自己送上門來，眞好、眞好。」上方樹巢上那樹老師的「擬人」嘴巴緊緊閉著，聲音卻從十數個巨大樹巢裡同時響起。

「這是我家的種子，你『取回』個屁呀！」青蘋大罵：「我才是代我外公來拿回我家種子，或是通通打爛，才不給你們這種爛人用——」

樹老師擬人雙眼隱隱發出紅光，緩緩抬起右手，在身旁那化作大鷹模樣的石蓮獸後頸上輕輕拂了拂，然後——

如遊蛇般的五條樹指倏地扎進了石蓮獸後頸中。

石蓮獸雙眼發出嚇人的紅光。

渾身散出窮凶極惡的戾氣。

「怎麼回事？發生了什麼事？哪兒來的凶氣？」摩魔火攀在張意頭上，視線被張意頭頂上方的妖車擋著。

伊恩斷手獨目閃動藍光，沉沉地說：「數千人的凶魂，怪不得這麼凶……」

「數千凶魂？」摩魔火像是不明白伊恩的意思。

「就在——我們正上方。」伊恩獨目眨了眨，他那斷手藍眼能夠感應到四周魄質流動。

「正上方？」摩魔火聽伊恩這麼說，一下子不明白什麼意思，此時妖車的「上方」是白鶴，白鶴的上方是無數擋路樹枝和漫天飛蟲，而在更上方，則是尚未揭破的萬古大樓樓板。「老大，你是說他們在這萬古大樓上方樓層，藏著數千凶魂，作爲這些鬼草的……肥料？」

伊恩還沒回答，眾人便聽見一聲凌厲尖吼和一聲雄渾虎吼同時響起。

一道大影掠過妖車往下墜落——那是體型變得更加巨大且回復成獅身的石蓮獸，按著老金往下墜去，雙雙砸進下方水裡，濺起數公尺高的水花。

水面像是燒開的熱水鍋般翻騰起來，十數朵巨菱角花往老金落水方向聚去，一隻隻巨菱角如龍般揚起，再狠狠鞭進水中。

「張意，命令小腦袋保護老金。」伊恩這麼說。

「快下去保護大老虎！」張意急急下令，跟在他身後那隊小壞腦袋們，紛紛像是跳水選手般，頭下腳上地往底下躍，撲通撲通地沉進水裡，阻止敵方小壞腦袋襲擊老金。

水面持續翻騰，一截截斷裂菱角浮出水面。

老金躍出水面，落在一朵大菱角花上，一口咬爛那石蓮花，踩在菱角葉座上；他身上沾著大大小小的石蓮葉瓣，有些石蓮葉瓣有成人巴掌大，連葉帶根活像是一隻烏賊，蠕動著一條條紅根想往老金身體裡鑽。

老金吸了口氣、挺挺胸膛，令全身虎毛倏地刺開，猶如刺蝟般瞬間扎透身上那千百片石蓮葉瓣後，抖抖身子甩落葉瓣，令一身銳硬虎毛回復柔軟。

老金前方十數公尺水面凸起一片波瀾，挺出一頭水怪般的巨獸——是那石蓮獸。

石蓮獸此時體型彷如古代蛇頸龍，身上某些部位的葉瓣甚至有一張棋盤那麼大，最小的也接近餐盤。

「領頭那四指種草人藏在遠處，透過獨門法術將外力魄質注入這些草獸體內，讓他們源源不絕地生長，就像我的引流銀絲一樣。」伊恩盯著下方那巨石蓮獸，對張意下令：「我感應出那外力魄質來自上方樓層。張意，替我跑一趟看看情況。」

「現在？」張意呆了呆，連忙閉起眼睛，令意識飛梭往上。

他的意識穿過重重樹枝，見到奮戰中的安娜和長門，來到了這高聳方井空間頂端，只見到那樹老師的擬人雙眼發紅，右手斜斜舉著，五指長得猶如樹根，垂至水下那石蓮巨獸的身子裡，不停將力量灌進石蓮獸體內。

張意讓意識穿過頂端天花板，來到更上一層樓，但只見四周空曠一片有如毛胚樓層，空蕩蕩的什麼也沒有。

他接連穿過數層毛胚空樓，來到一層「有東西」的樓層。

這層樓挑高超過十公尺，四周堆放著上百座貨櫃大小的鐵籠。

鐵籠裡塞著滿滿赤裸的人。

「滿滿」的意思，就是全塞滿了。和罐頭一樣滿。

難以計數的人，歪七扭八地擠滿每一座巨大方形鐵籠，伸出鐵籠外的手和腳，不時抖動一、兩下。

張意從一座座鐵籠柵欄間隙，見到這些人臉上、身上的奇異膚色和無神眼瞳，很難確定這些人究竟是死是活，跟著他見到鐵籠一條條欄杆上，纏繞著密密麻麻、類似榕樹樹根般的褐色細根。

他大著膽子讓意識湊得更近，終於看了個清楚——那些細根扎進了每個人眼耳口鼻裡，甚至穿在那些人血管中浮凸鑽動。

「這些人……就是老大剛剛說的數千凶魂……」張意讓意識飛快繞遊，一連巡視了數十座鐵籠，所見完全相同；他跟著繼續往上又探了幾層樓，全是毛胚空樓，直到又出現一處「有東西」的樓層。

這次他見到的「東西」，是幾張歪歪斜斜的巨大長形木床；這些大木床都是由五、六張尋常尺寸的雙人木床併攏成一排，每條長床上都躺著一隻古怪異獸，那些異獸體態有如蟻后，有截小小的人形上身、龐大鼓脹的下腹和短短的雙腿。

每個人形蟻后肚子上，都接著一條如同臍帶般的條狀物，那些臍帶直直自天花板垂吊下來；一群全身漆黑的小鬼，忙碌地在那些巨大人形蟻后下腹間來來往往，捧出一個又一個渾身赤裸、染著紫血、眼睛都還沒睜開的小壞腦袋。

張意這時終於知道，那些小壞腦袋竟是這麼生出來的。

他望著那些天花板垂吊下的「臍帶」，害怕之餘也有些好奇，便令意識循著那些臍帶繼續往上探，有時經過一些空樓，有時又見到幾個躺在大床上努力生產小壞腦袋的蟻后——

然後，他在更上幾層樓裡，見到一些高大鬼僕，拿著像是水泥抹刀般的東西，在地板上塗來抹去。

他不明白他們在忙什麼。

但又接連經過幾層樓後，他便看懂了。

下頭幾層樓裡的鬼僕以水泥抹平地板，上面幾層樓的鬼僕忙著在地板上的空洞處堆架鋼筋疊放磚塊；再往上幾層樓的鬼僕們則忙著拆卸那條直直貫通萬古大樓的巨型升降梯金屬通道。

這些樓層中，也垂吊著一條條臍帶，上下相連著天花板和地板，有幾層樓裡，也擺著幾張大床，床上的人形蟻后鼓脹腹部緩緩蠕動著。

張意繼續往上，開始在樓層中央見到那尚未遭拆卸的巨大升降梯鐵欄，同時，也見到一些來來往往的鬼僕們，扛著幾張空床併成長床，又押著一些模樣古怪的女人躺上大床，跟著將自天花板垂下的臍帶，接在女人肚子上；那些女人的肚子被鬼僕接上臍帶不久，便開始鼓脹、蠕動起來，下腹腰部越來越長，變成先前那些人形蟻后的模樣。

張意接二連三地看見詭異景象，心中的恐懼和不安幾乎到達頂點，但他知道自己必須再探得更多關鍵情報，否則摩魔火還是會逼他多跑幾遍。

因此他繼續向上探了幾層樓，在某層樓中，見到巨大升降梯鐵欄裡的高處，垂著幾座巨大囚籠。

那些囚籠微微晃動著，正在移動，直到沒入天花板上沿。

張意趕忙追上，只見那些原先被垂吊在巨大升降梯平台底部的囚籠，緩緩地隨著升降梯往上移動——那一座座如同粽子般垂吊在升降梯平台底部的囚籠，裡頭十分擁擠，籠裡囚著的人，正是拉瑪伸、瑪麗、龐克等三路敢死隊成員。

所有敢死隊成員們全被固定在一片片鐵板上，像是書本或是貨物般直挺挺地整齊堆疊在數座囚籠中。

張意想起在萬古大樓外使用意識探路時，曾在二十五樓中見到受虐的晝之光敢死隊夥伴們，此時他們被吊在這巨大升降梯底部，被一層樓、一層樓地持續往上運送。

張意繼續往上，終於趕上那巨大升降梯平台，只見平台中央有張大號嬰兒床，床上擺著的大東西正是壞腦袋的大腦袋。

壞腦袋那大腦袋上被貼滿了符，像是剛經過一場手術般沉沉睡著；在那巨大嬰兒床旁，有幾名鬼僕操作著一具古怪木造機械，那木造機械儼然是一座巨大絞肉機，有幾條管子連接著大嬰兒床上的壞腦袋的腦袋、以及腦袋底下的假身體上。

兩名鬼僕一個從床邊染血大木桶裡捧出不明肉團，放進大絞肉機的孔洞中，另一個則緩緩搖動大絞肉機上的操縱桿。

絞肉機出肉口源源不絕地湧出軟肉條，那些肉條剛擠出來時色澤鮮紅，但十數秒後便轉成暗褐色，一條條古怪肉條延伸出升降梯鐵欄外，甚至能夠穿透了地板。

張意這才知道，底下樓層裡那一條條連在人形蟻后們肚子上的臍帶，竟然是這麼絞出來的。

同時，張意也注意到大嬰兒床另一側有張木椅，椅上坐著的人正是艾莫。

艾莫斜斜窩在木椅裡，一手托著臉頰，儘管面無表情，但仍看得出他十分疲憊——他似乎早已注意到張意的意識再次到來，他的臉轉向張意，淡淡地說：「孩子，你又來啦……」

「……」張意不知如何應答，突然感到自己肉身倏地飛盪起來，以爲艾莫對他動了手腳，趕緊令意識飛快返回肉身。

張意抖了抖身子，睜開眼睛，只見四面八方都在往上飛衝——

是他的身子正往下墜落。

啪——他落在一個古怪、圓弧的怪東西上，由於他墜落的速度太快，直到落地之後，才開始掙扎驚呼，但他的四肢和軀體此時都不受自己控制，而仍受雪姑蛛絲控制。

這時他持拿七魂的姿勢與先前有些不同，左手抓握七魂刀鞘，右手握著伊恩斷手臂骨，伊恩的斷手則緊握七魂刀柄——

這是伊恩預備拔刀的姿勢。

「上面……有好多人沒錯！每個人鼻子裡都插著樹根，還有好多大肚婆、好多小壞腦袋、艾莫也在，還有……」張意急急地想要報告樓上所見情況，但由於他探得太多線索，思緒混亂，一時難以說清。

他很快明白，此時可不是報告偵情的好時機，他感到身子在晃動，腳底發出啪啦聲響——他不是踩在地上、也不是踩在明燈的符上，而是踩在一隻巨菱角上；這巨菱角比之前的巨菱角都來得巨大且凶惡，黑殼遍布紅色裂紋，裂紋透出凶惡血氣。

跟著他見到前方水面上，有顆古怪大球。

那大球是由十數隻巨菱角拖著如同巨蟒般的莖藤，糾結纏繞成球狀，大球中央，露出一顆老虎腦袋——

老金被十數隻巨菱角莖藤裹成一團。

同時，狀如水怪的石蓮巨獸，身上竄出更多古怪觸肢，甩向裹著老金的大球上，將大球捏得更緊，像是想聯合巨菱角莖藤力量，一舉將老金活活捲碎。

「……」老金那露在巨菱角莖藤大球外的腦袋，正淌著鼻血，瞪著前方又一隻巨菱角高高舉出了水面；那巨菱角巨大得如同一輛小轎車，一側尖角對準了老金腦門，轟隆往他腦袋砸來。

張意身子飛彈蹦起，抓著伊恩斷手在空中拔開七魂。

一道切月鮮紅刀光斜斜劈去，將砸向老金的那條巨菱角莖藤斬斷。

但老金在張意躍起拔刀的同時，已經鼓動全力，將整顆莖藤大球連同裏在外圍的石蓮獸觸肢一口氣撐裂，同時抬起虎掌，將朝他腦袋敲來的巨菱角接個正著。

「喂！」老金虎吼一聲，像是不滿伊恩插手般地唾罵起來：「小子，老大哥我打架，還須要你插手！這些東西我根本不放在眼裡，什麼菱角石蓮花，不過就是一些路邊野草罷了！」

老金這麼說的同時，虎掌發力，將那巨菱角按得繃裂開來，裡頭那熱燙發紅的菱角肉都擠出了殼。

「顧好你自己吧。」老金落在一片被咬去花朵的石蓮葉座上，將半塊大菱角往張意擲來，撞開一隻襲向張意後背的巨菱角。

然而那偷襲的巨菱角在被老金扔來的半塊菱角砸中前，就讓切月斬斷了莖。明燈黃符撒開，猶如一塊塊固定在空中的磚，張意踩著空中符磚又揮幾刀，砍倒幾隻襲來的巨菱角；老金也飛蹦躍來，踩著那些窄小符磚，和張意各自守著一方，環視四周不停自水面揚起的數十隻巨菱角。

「這些菱角煮熟了倒挺好吃。」老金虎掌上還扒著半塊巨菱角，裡頭的菱角肉像是燒紅的炭般閃耀著炙熱紅光。

「前輩……你這樣吃，舌頭不燙嗎？」張意見老金在舔舐那菱角肉的時候，舌頭甚至都燙出了焦煙和傷痕，卻又快速復元。

「老金的舌頭比他爪子還厲害。」伊恩這麼說。

「是啊，我以前嘴饞的時候，什麼都吃，石也吃、鐵也吃，連火我都吃。」老金這麼說的同時，身上還沾著不少正生起根來的石蓮獸葉瓣碎塊，這次老金沒有讓虎毛變成硬刺，而是讓虎毛搖曳出金火，將一片片石蓮葉瓣焚成焦灰。

「張意，你剛剛在樓上見到了什麼？」伊恩這麼問。

張意連忙將剛才所見情況一五一十地說了出來，他在敘述的過程中，有時身子騰在空中揮刀、有時踩在老金背上揮刀、有時拉著摩魔火繫在妖車車身垂下的蛛絲搖晃擺盪揮刀、有時被老金擲上半空翻了兩三個筋斗揮刀。

自然，這些動作都是在雪姑蛛絲控制下做出的動作，他此時自己能控制的身體部位，就只有嘴巴而已。

「伊恩，你的意思是，上面那個長得像樹的老頭、或是長得像老頭的樹，能夠將怨魂精魄導入這些鬼草裡頭，跟我們打架？」老金雙手各自抓著一個剛採下的熱燙巨菱角當成雙錘，與化成大鷹騰空飛來的石蓮獸遊鬥起來，還不時吃上一口。

「他們想一點一點削弱我們。」伊恩這麼說。「那滑頭作家說的沒錯，黑摩組五人畏懼張意的力量，不敢與我們正面對決，所以派出這些沒有思想、不受黑夢影響的植物或是毒蟲跟我們糾纏。」

此時在安娜、長門、硯天希和夏又離聯手開路下，妖車逐漸往方井頂部飛去；盧奕翰和夜路踩在妖車車身兩側長出的平台上，小蟲守著車尾，青蘋坐鎮車頭，郭曉春站在車頂操傘護車。

天花板處那厚如城牆、糾結纏繞的漆黑樹枝，被硯天希放來的大火鷹燒得焦裂散落；底下硯天希騎著夏又離飛來，托著一團雪白瑩亮的符籙光環，高呼著往天花板按去。

「小狐狸們，替我開路！」在硯天希的高呼聲中，整片天花板閃耀起巨大符圈，一隻隻雪白狐狸自符圈探出腦袋或是甩下尾巴，這招是墨繪術裡專門用以破壞結界的法術「迷狐狸」——忠孝橋大戰時，硯先生也曾經以尾巴使出過這招。

上百隻雪白小狐狸在天花板上鑽進鑽出，落下一片片碎石，破開了一個足以容納妖車穿過的圓形大洞。

硯天希挾著夏又離，一馬當先鑽入大洞探路，上方樓層是毛胚構造，伸手不見五指，硯天希撒出一些火鴿子作爲照明；底下，安娜、長門等人仍持續與糾纏不休的食蟲植物、滿天飛蟲惡戰，掩護妖車飛上天花板那圓洞。

硯天希接連施展墨繪迷狐狸，一連擊穿好幾層樓，直到抵達先前張意神遊時見到的那堆積著上百座囚人鐵籠的樓層中。

與張意所見不同之處，在於一座座鐵籠裡的人，大都已經變得枯瘦乾癟，本來擁擠的鐵籠，因爲籠中人體枯瘦萎縮的緣故，籠裡人體的堆積高度下降不少。

「……」硯天希騎在夏又離肩頸上，望著四周巨大鐵籠，驚愕之餘，也感受到腿下夏又離身子不知因憤怒還是恐懼而開始顫抖。

隨後跟上的妖車眾人，見到四周巨大鐵籠裡的慘況，也紛紛怪叫嚷嚷起來，青蘋驚駭尖叫：「那些人還活著——」

她邊喊，邊指揮黃金葛捲上那些鐵籠，像是想要破籠救出裡頭的人。

一聲槍響，克拉克的子彈擊斷了青蘋的黃金葛。

張意站在妖車車頂，伊恩斷手獨目藍光閃耀，說：「別停下來，這些人沒救了，我們得加快腳步，才能救更多人。」

「伊恩說的沒錯，我們要是被絆在這裡，虛耗時間精力，只會枉死更多人！」安娜也伸手挽住想操傘破壞鐵籠的郭曉春胳臂。

「是呀，現在最要緊是趕快找出安迪，揍死他！」硯天希拖著夏又離再次飛蹦起來，又施展出墨繪迷狐狸，一連再破開數層樓，直直往上追去。

安娜、長門和老金，在郭曉春持傘掩護下，逐漸擺脫那些食蟲植物和漫天飛蟲的追擊，掩護妖車持續往上。

02地窖

妖車駐紮休息處，距離一旁地板上那大圓洞，約莫十公尺遠。

大圓洞上擋著一片蛛網，摩魔火攀在蛛網正中央，能夠一連望見底下數十層樓板那一個又一個的圓洞；同時也能夠見到上方數層樓板上的圓洞——眾人爲防再次遭受突襲，因此將休息時守備偵查的範圍一口氣擴及上下數層樓。

妖車下方地板，鋪著大片明燈黃符，倘若地板崩裂，這些黃符便能夠成爲暫時支撐的地面，使妖車不致於直接墜樓。

眾人在妖車旁生起了營火，烘烤著行李中的衣物和殘存乾糧——經過先前那場突如其來的水戰，拖在車後那節滿載乾糧的加蓋車廂在亂戰中被水沖走，眾人囤積的食物也損失了幾乎九成，剩餘的一成，也大都被水浸濕泡爛。

阿毛持著毒蛇傘，指揮大隊毒蛇們，循著那貫穿大圓洞上下的幾條黃金葛莖藤，在各樓間盤繞巡守，留意周遭動靜；郭曉春則忙碌地施術治療幾把傘裡負傷的傘魔。

小蟲盤腿坐在營火堆前，腳邊擺開一整列沿途惡戰時順手逮著的大型甲蟲，那些甲蟲大得出奇，幾乎都有成人巴掌大，一片片鞘翅都被小蟲紋上刺青，變成了小蟲的專屬玩具飛機——先前眾人用以偵查的空拍機早已在亂戰中不知去向，這隊甲蟲便肩負起新的偵查任務，在小蟲施術指揮下，紛紛振翅飛起，鑽過天花板大圓洞，散開偵查，一旦發現敵人蹤跡，就會炸出刺眼光芒作爲警示。

夜路茫然望著營火前他那台泡過水的筆電，遲遲不敢開機，他這幾天閒暇之餘敲出的數萬字新作此時不知是死是活；盧奕翰則不停翻看檢視著幾具原本用以和何孟超等人聯繫但現在完全無法作用的通訊設備，連連搖頭嘆氣。

「大頭目……」青蘋抓著一顆未成熟便脫落的人身果，來到張意身旁，將果子遞給張意。她對半閉著眼睛的伊恩斷手說：「人身果的生長速度變慢了……」

英武在青蘋肩上補充說：「應該是剛剛那場大戰，神草黃金葛消耗掉不少養分……神草需要大量養分才能施展力量，黃金葛和人身果種在同一塊土裡，彼此會爭搶養分……」

「剛才我太激動了。」青蘋懊悔地說：「我之後會盡量少用神草……」

「不。」伊恩睜開眼睛，說：「雖然我沒盯著妳的一舉一動，但我感覺得出妳用草的時機其實不差，如果沒有妳的神草掩護，夥伴們的傷亡或許會比現在嚴重。」伊恩說到這裡，頓了頓，又說：「接下來，妳得自己判斷情況，該出手時千萬不要猶豫。」

「大家怎麼不吃東西呀？」小八在空中飛著，爪子還抓著幾隻小蟲往嘴裡塞。「你們都不吃東西，哪來肥料養大頭目要用的人身果？」

「沒辦法呀……」夜路哀號說：「我們先前設想過各種狀況，再凶的敵人登場也嚇不倒我們，誰曉得大樓裡頭竟然會鬧水災呀……我們的衣服、食物、筆電跟一個俊俏作家的偉大創作全泡了水，真是欲哭無淚呀……」

「可能大家意識到食物一下子損失太多，心情不安吧。」安娜苦笑著將一批揭開的罐頭分送給眾人，讓大家配著半濕乾糧吃。

老金回復成小童樣子蹲在一角，和小八、英武談論起那些飛蟲的滋味——剛剛亂戰時老金邊打邊吃，肚子裡裝了不少菱角、石蓮、怪蟲和水裡的大魚，此時倒是不餓。

「我曾經呑下一個很凶的傢伙。」老金扠著手，左望望小八、右望望英武，得意地說：「那是隻狡詐的野鼠魔，那臭鼠最愛吃內臟，尤其愛吃厲害大魔的內臟，但是他打不過那些厲害大魔，怎麼辦呢？他便騙其他大魔將他呑進肚子裡，再咬穿那些魔物肚子，吃光他們的胃脾肝心肺；當年我有些要好的朋友都讓那臭鼠用這手段騙了，橫死山中吶——」

「大老虎，你的朋友是笨蛋嗎！」小八嘎嘎叫地插嘴。「他們吃東西都不嚼，就直接吞進肚子裡？」

「誰說不嚼的。」老金瞪大眼睛，說：「都嚼得稀爛了呀！但這就是那野鼠魔的厲害之處，是那傢伙的獨門法術——就算被嚼得稀爛，但就是能保著一口氣，讓他在胃袋裡重生出腦袋、讓鼠嘴裡長出牙，啃著大魔內臟，吸得了大魔精魄，便又一下子生龍活虎啦！」

「世上竟有這麼可怕的老鼠！」小八瞪大眼睛，像是聽見了恐怖鬼故事一般。

「所以……」英武問：「前輩你當時也曾被那野鼠魔騙了，才吞他下肚？」

「不。」老金搖搖頭，說：「我是吞了他，但我不是被騙，我是故意吞他的——且我真用吞的，一口也沒嚼。我的胃袋和其他傢伙的胃袋不一樣，那鼠魔咬不穿我的胃，被我囚在肚子裡逃不出來，一會兒求我、一會兒罵我，最後活活餓死在我肚子裡，哈哈！」

「什麼？」小八和英武無法理解老金這說法，一齊問：「你讓那老鼠活活餓死在你肚子裡？你的肚子沒消化他？」

「是呀，我的胃消化不了他——活著的時候。」老金說：「那是他厲害的地方，他的皮肉骨重生極快，我的胃酸蝕不了他，一直到他死了之後才能慢慢化了他。」

「老金前輩，這可奇了，你爲了餓死那野鼠不吃東西，那你自己不也餓個半死嗎？」夜路聽見老金閒談，便打岔問。

「錯了，那陣子我可沒餓著，我每天都吃得很飽。」老金回頭對夜路挑挑眉，說：「只是我故意挑些那老鼠不吃的東西吃，我吃煤炭、吃木頭、吃砂土、吃鐵、吃石、吃人類的桌椅和玻璃瓶子，我還吃許多草藥——那野鼠最討厭草藥的氣味，我吃光一整間中藥店裡的草藥，那老鼠起初嘴硬，罵個不停，後來被熏得受不了，哭著求饒，但他拐殺我好幾個朋友，我當然不放過他，嘿嘿！」

「原來如此。」夜路哦了一聲，點點頭說：「那老前輩你的胃袋確實厲害，可配稱得上天下第二了。」

「天下第二？」老金瞪大眼睛，小童面容微微露出虎貌，說：「那天下第一是誰？是小子你嗎？」

「不不不。」夜路連連搖頭，拍了拍身旁盧奕翰肩頭，說：「老金前輩你的胃袋水火不侵、還能消化古怪異物，但這位奕翰兄，他的胃袋裡藏著一隻餓死鬼，能夠將所有吃下肚的東西，全轉化成魄質供他使用。」

「我知道呀，先前聽你們說過。」老金哼了哼，扠著手走到盧奕翰身前，瞅了他肚子幾眼，說：「我還嗅得出那小鬼的氣味呢，但要是胃袋本身不夠結實，吞下顆炸彈不就炸開了，這怎麼能稱得上天下第一？」

「我……我沒想要跟大老虎前輩你爭天下第一胃袋呀。」盧奕翰連忙搖頭，還反手頂了夜路一肘，說：「我這肚子能將食物轉換成魄質，前輩你的胃袋刀槍不入，什麼都吃，功能不同，沒辦法比較呀……」

「奕翰，我認爲你這種說法有點問題。」夜路皺著眉頭扠手搖頭。「你彷彿有意彰顯自己的脫俗不凡，暗示『天下第一』對你而言只是浮雲一朵，反而凸顯老金前輩氣量不如你；另一方面，你又企圖用『功能不同、無法比較』這種說詞，來表示自己的胃袋與老金前輩的胃袋，其實平起平坐。」

「我靠！」盧奕翰攤手說：「你筆電泡水，不能寫小說，所以滿肚子廢話沒地方發洩是吧？」

老金哼哼地對著盧奕翰的肚子拍拍按按，說：「他小子說的廢話我沒放在心上，不過下次有機會，我們來比比吧。」

「比什麼？」盧奕翰不解地問。

「比誰的胃袋才是天下第一。」老金說：「我知道你的胃沒我的胃硬，我不佔你便宜，我跟你比食量，看誰吃得多。」

「哦，比食量？」盧奕翰肚子裡住著餓死鬼阿弟，讓他的胃袋在解除封印後，能像個無底洞般永遠塡不飽，因此他聽到老金聲稱要和他比食量，倒是不以爲意，但當他見到小八和英武飛來，大聲嚷嚷，討論起比賽規則時，突然感到有些不安，連忙問：「等等，你們想吃什麼東西？」

「當然是看什麼吃什麼啊。」老金、小八和英武理直氣壯地說：「大蟲小蟲、怪花怪菱角，難道這黑夢裡還有上等握壽司給你吃嗎？」

「那算了，我投降。」盧奕翰連連搖頭，但老金可不放過他，不停揉著他肚子，像是想直接和裡頭的阿弟對話叫陣一般。

另一邊，安娜來到張意面前，像是想再次仔細問清剛才張意那意識探路所見情況；青蘋拿著筆記本，翻看檢視著剛剛聽張意敘述時，順手記下的片段，想要對照與張意此時敘述有無出入。

張意見安娜和青蘋的神情認眞，不禁有些莞爾，打著哈哈說：「我好像在做筆錄一樣……」

「我只是有點好奇敵人的動機。」安娜聳聳肩，說：「我們現在可以確定的是，黑摩組畏懼張意控制黑夢的能力，所以一直不敢露面。」

「對。」張意點點頭，說：「我完全感應不到他們，他們躲得很隱密，說不定已經逃到其他地方去了。」

「或是拿下了戒指。」安娜這麼說。「他們戴上戒指，就能使用黑夢力量，但不戴戒指，則不容易被張意反向查出，說不定——現在他們就藏身在附近，想趁我們鬆懈的時候，現身給予我們致命一擊。」

眾人即便沒有參與安娜和張意這兒的討論，聽見安娜這麼說，也不禁微微一凜，他們都知道黑摩組五人的厲害，要是黑摩組五人在眾人疲憊的情況下展開突襲，那戰況慘烈的程度可想而知。

「這並非沒有可能。」伊恩半閉著眼睛說：「但我不會這麼輕易讓他們接近我們身邊的——我比較好奇那些小腦袋的作用。」

先前水戰中被張意控制住的小壞腦袋們，此時在張意指示下，全窩在上方樓層中靜靜待命。

「黑摩組五人不敢冒險使用黑夢力量和張意硬碰硬，所以造出這些也能夠控制黑夢的小壞腦袋來消耗張意的力量。」安娜這麼說：「但張意逮到這些小壞腦袋之後，等於增加了更多幫手，行動起來反而更省力。」

「對。」伊恩說：「所以他們製造那些小壞腦袋的用意，應該不會只是將他們當成單純的打手這麼簡單。」

「我總覺得……」張意突然開口，抓了抓頭，說：「那四指的前頭目，好像無時無刻都盯著我。」他說到這裡，見眾人像是不明白他的意思，便說：「這感覺從我控制那些小壞腦袋之後才開始的，只要我對小壞腦袋們下令，腦袋裡就癢癢的，像是、像是……」

「像是腦袋裡被裝了竊聽器？」安娜這麼問。

「竊聽器？對對對……」張意聽安娜這樣形容，連連點頭，但一下子又難以解釋在腦袋裡裝了竊聽器究竟是什麼感覺。

「或許艾莫怎麼也打不開壞腦袋腦袋裡的鎖……」伊恩說：「所以想研究張意究竟是怎麼操作黑夢的。」

「老大，你是說……」張意呆了呆，問：「他們故意派出這些小壞腦袋讓我控制，暗中觀察我怎麼指揮小壞腦袋，來幫助他們破解壞腦袋？」

「很有可能。」伊恩說：「所以我們可以選擇宰掉那些小壞腦袋，但也可以留著他們——這棟樓太高了，單單靠你或者小狐魔破牆開路，負擔太大，有這批小腦袋替你們分擔這工作，或許是好事……但這是個危險的賭注，我們必須在艾莫研究出成果之前，搶先一步殺了他、殺了安迪。」

「如果……」張意卻有些遲疑，但不敢說出心中的擔憂。

「師弟，你想說要是艾莫搶先一步破解壞腦袋怎麼辦，是吧！」摩魔火遠遠地攀在地板大圓洞上的蛛網罵著：「你就這麼沒有志氣嗎？都走到這一步了還沒做好準備嗎？」

「做好……什麼準備？」張意怯怯地問。

「做好死的準備！」摩魘火這麼說。

張意低下頭，他確實沒做好死的準備，他望了望身邊的長門，長門低著頭，拿著乾布擦拭著三味線，像是在進行例行保養一般，偶爾才吃上一、兩口乾糧或是罐頭。

張意見到長門敞開的琴箱裡，還夾著幾張紙，那是他和長門先前在妖車內獨處時，隨手畫的居家室內設計圖——那時張意對長門畫起大餅，聲稱要是此行成功順利，他要用畫之光打賞的酬勞買間新屋，布置成新婚夫婦的理想居家。

長門十分認眞地將那幾張隨手亂畫的設計圖，收在自己琴箱裡。

「要是死了，怎麼成家呀……」張意低聲嘟囔。

「其實我也沒做好死的準備。」夜路低聲對盧奕翰和青蘋發表自己的見解：「雖然死作家有時候比活作家更出名，但只有活作家才能享受版稅帶來的樂趣。」

「所以……我們現在到底到哪一樓了？」盧奕翰不想和夜路討論死作家的相關話題，便岔開話題說：「這大樓會不停生長？」

「我感覺得出來大樓確實在緩慢生長，艾莫甚至能夠透過黑夢的力量，直接變化大樓樓層，拉開他和我們之間的距離，但我不認爲現在的他還有餘力這麼做——黑摩組五人因爲畏懼張意而暫停使用黑夢，整座巨城都交給艾莫和麗塔掌管，他們夫妻倆身心上的消耗，應該遠遠在張意之上。」伊恩說：「只要我們持續向上，必定能夠將他們逼到絕境——除非他們能生出翅膀，飛離這棟大樓。」

「他們有翅膀又怎樣！我也有翅膀。」硯天希在車頂上嚷嚷，抛下一堆空罐頭，不耐地說：「你們吃飽了沒，我等不及上樓揍那臭婊子了。」

她這麼說的同時，還抬起頭，朝上方幾處圓洞大聲嚷嚷：「臭婊子，妳叫莫小非是吧，妳這膽小鬼，有種下來跟我單挑呀——」

□

「什麼！」莫小非氣憤地與宋醫生對話。「那臭狐狸說我壞話？好，宋醫生，你幫我傳話，要她乖乖等本小姐鏟平這個地方，帶著那些老頭子、老太婆的人頭回去給他們當禮物——啊？什麼？你不能替我傳話？爲什麼？」

莫小非扠著腰，站在這迷霧竹林中央，持著平板電腦與萬古大樓裡的宋醫生通電話，只見四周三合院忽遠忽近、迷迷濛濛，彷如海市蜃樓一般。

鬼虎、謝老大等一干手下，早已分頭攻入三合院建築中，尋找阿滿師、穆婆婆等人的身影。

「伊恩那斷手上的藍眼睛比獵犬的鼻子還靈，再加上一個能感應黑夢的張意，就像兩具活體雷達，附近有什麼風吹草動，他們都會知道。」宋醫生的聲音無奈地從莫小非手上平板傳出。「安迪要我們盡量低調，就算被看扁了也沒關係，只要等到巨腦正式啓用，我們就不怕張意了——」

「哼。」莫小非忿忿不平地說：「但這樣子贏那臭狐狸，她肯定不服氣，我要讓她敗得心服口服——我不想用黑夢讓她舔我腳了，我要想其他辦法逼她舔我腳。」

「硯大小姐那脾氣，我想她不怕痛也不怕死，要是不靠黑夢，很難威脅得到她，除非——」宋醫生哈哈笑著說：「從又離身上下手。」

「宋醫生，你好無情喲。」莫小非搖搖頭說：「小離曾經是我們的夥伴耶，你要我對他出手喲？我再考慮看看有沒有其他方法啦——對了，他們現在是男女朋友對吧，就算逼不動臭狐狸對我下跪，至少灌她一肚子醋也不錯，氣死她，嘻嘻——」

她這麼說的時候，還回頭伸出手指，戳了戳周書念的臉，對他說：「你也不能吃醋喲，我認識小離的時候，還不認識你呢。」

周書念面無表情地點點頭，他的七情六慾全被艾莫的法術封印著，此時的他，就像一具機器人般，按照莫小非的命令行動。

「哼……」莫小非說到這裡，又等了一會兒，只見四周全無動靜，她不耐地大聲嚷嚷起來：「鬼虎、謝老大，你們幹什麼吃的，這裡本來有上千人耶，還能藏去哪兒，你們找半天也找不到？」

「回答我呀，鬼虎！」她這麼說的時候，突然感到有些不對勁，便揚了揚手，使用黑夢力量，令腳下唰地掀起一片鋼鐵支架，那鋼鐵支架飛快纏結成一條巨龍，托著她和周書念，往三合院正廳竄去。

轟隆一聲，鋼鐵巨龍前端斜斜撞進正廳建築裡。

莫小非躍下鋼鐵巨龍，站在三合院內埕空地中央，只見這三合院左右護龍和正廳，看起來仍然朦朧模糊，像幻影一般。

「臭何孟超蓋出的這狗屁結界怎麼這麼煩人吶？」莫小非氣呼呼地抬手指揮那條鋼鐵巨龍，唰地再次高高揚起，左右掃打起三合院左右護龍和正廳建築，一面隨口說：「鬼虎、謝老大，自己眼睛睜大點，看情形該閃就閃，被打到我也不會秀秀你們的，你們又不帥——」

只一、兩分鐘，整座三合院包括主廳和前後左右數條護龍建築，全被莫小非指揮的黑夢鋼鐵巨龍撞得如同拆遷到一半的廢墟般。

「啊？人呢？」莫小非望著四周廢墟，不但沒見著何孟超、阿滿師、穆婆婆等人的身影，便連鬼虎、謝老大等人也不見影蹤。

「郭家底下有一座用來藏傘的地窖，他們應該躲在地窖裡。」宋醫生的聲音從平板裡傳來。

「這老房子的地窖能藏多少人啊？」莫小非不解地四處尋找起來，她朝三合院那片建築廢墟走去，身前左右立時竄起鋼鐵支架，如同雨刷般替她掃開滿地磚瓦碎石。

「他們既然能夠在地上造結界，當然能在地底造結界，要造出一個藏入所有人的大結界，也是不難。」宋醫生說：「扣掉艾莫、麗塔、紳士、淑女這些國際級的結界高手，何孟超至少算得上是台灣結界術的第一把交椅了。」

「好啦好啦、眞棒眞棒，給他拍拍手喔。」莫小非沒好氣地說：「台灣結界第一把交椅咧，看我的黑夢拆了他這把爛椅子。」

她來到三合院右側護龍建築附近，只見地上有幾處被掀去遮蓋的方洞，方洞底下造有階梯。

「什麼？這就是地窖的入口！」莫小非對這毫無遮蔽的地窖入口感到有些困惑，她托起平板，像是想讓與她視訊通話的宋醫生也瞧瞧這入口。「鬼虎他們進去十幾分鐘了。」

「小心爲上。」宋醫生提醒。

「好啦好啦。」莫小非跺了跺腳，身邊竄出一片鋼鐵支架，唰唰鑽進那些方洞，莫小非扠著腰，閉起眼睛，透過黑夢的力量，探查著方洞裡頭的情形。

她的神情從不屑、不耐煩，逐漸轉而困惑，然後是驚訝。

「這地窖也太大了吧……」她好奇地拉著周書念走近那入口，牽著他一階階往下走。

這條石梯足足有兩、三層樓那麼長，中間還有許多分支轉折，通往大大小小的穴室，有些穴室地面方正平整、有些穴室則凹凸得像是蟻巢鼠穴。

「死雜種屌的臭惡棍，來呀，不是很厲害！連路都找不著，笨得跟豬一樣——」阿滿師的怒罵從地道中迴盪響起。

「啊呀！」莫小非循著阿滿師的聲音飛衝追去，東繞西拐半晌，還是找不到半個人，倒是差點撞上同樣循聲找來的鬼虎等手下，氣得大罵：「鬼虎，你找半天也沒找到人？」

「是呀……」鬼虎無奈地說：「這……這裡像是迷宮一樣，他們只出聲，不露面……」

「死雜種屌的，我拿傘的手都痠了、傘裡的傘魔都等累了，你們還慢吞吞地不爬過來讓我宰呀！」阿滿師的叫罵聲不時從某間穴室中發出，但莫小非氣急敗壞殺去時，卻又連個影子都找不著。

她搖晃著手中的平板，想聽聽宋醫生的意見，這才發現進入地窖之後，便無法與宋醫生通訊了。

「黑夢，快點進來幫我抓臭老鼠呀——」莫小非憤怒地踩踏地板，引入源源不絕的黑夢力量，四面八方鋪開，飛快探索著四周動靜。

她閉著眼睛，微微昂頭，雙手虛空指畫抓摸，彷彿把伸手可及之處，全當成觸碰螢幕般指揮起來。

四周一條條曲道架開鋼鐵支架，落下一盞盞異色小燈和監視攝影機，以及一面面古怪螢幕，有些螢幕上閃爍著莫小非的怒容，有些螢幕上則顯示著像是地圖的畫面，那些地圖隨著此時莫小非腳下的黑夢範圍擴大而擴大。

莫小非將黑夢力量引入地窖，只花了數分鐘，便將這座正常人要逛上數小時才能繞完的巨大地窖摸了個一清二楚；她閉著眼睛感應著地窖各處構造，嘟嘟囔囔地說：「每個房間長得都不一樣，有新有舊……這地下迷宮是這幾天新蓋出來的吧，啊呀，房間裡還藏著不少陷阱！肯定是何孟超那個死胖子想出來的詭計，以爲這樣就可以騙我上當，當我三歲小孩呀！」

她這麼說的同時，身邊好幾面螢幕顯示著各式各樣的地窖房間，有些房間簡陋得像是野獸挖出來的洞穴，有些房間則稍微平整方正，裡頭都造了些簡易的符法陷阱，甚至在房間地板上掘出地洞，洞底插著尖竹，洞口則蓋著薄板。

「哇！這種爛陷阱用來抓山豬差不多，想笑死我呀——」莫小非快速感應出一個又一個陷阱，被那些陷阱的簡陋造工逗得哈哈大笑，但她才笑到一半，隨即便感應到自己手下竟真有人踩進了陷阱。

是謝老大。

謝老大踏進了一處淺坑，坑底插著尖竹，竹上還貼著符。

謝老大此時摘下戒指，頭髮灰白、雙眼火紅，雙手隱隱燃著烈火。那淺坑裡幾支尖竹對謝老大而言，像是保麗龍棍一般，啪啦啦地綳斷碎開，燃起一陣符火，但這些火對火術高手謝老大而言，和暖風沒有太大分別。也因爲如此，謝老大踏過淺坑，繼續飛身探找，像是完全沒有意識到自己其實剛從一處陷阱中脫困。

「哈哈哈，白痴啊！」莫小非哈哈大笑著。「何孟超那個死胖子，這幾天帶著這麼多人就是忙著蓋這些爛東西？」

然後，她睜開了眼睛。

她身邊所有螢幕同時閃現出同一個畫面，那是在整座地窖中一條不起眼彎道末端的一扇門。

「找到了。」莫小非眼中，閃起著凶光，搖了搖周書念的胳臂。「前面，左邊。」

周書念將莫小非公主抱起，風一樣地往莫小非指示的方向竄去。

03萬古大樓頂

「黑摩組從自來水廠抽水過來？」

夜路光著腳，坐在妖車尾端，扭乾襪子晾在一旁——

四周地板濕濡一片，甚至積著淺水，剛剛眾人才又結束一場水戰，再次進入駐紮休息狀態。

數小時前，眾人吃飽歇息完畢，再次動身向上推進，途中屢次被淹滿大水的樓層阻隔了去路，因此他們經歷了好幾場與先前差不多的水戰。

差不多的巨菱角、差不多的石蓮獸、差不多的飛蟲和食蟲植物。

以及差不多的樹老師擬人。

和差不多的戰鬥過程。

妖車眾人在經過了數場水戰之後，已不像先前一樣急著生火烘乾衣服和雜物，而是輪流休息或是守備；妖車也像是習慣了接二連三的泡水，甚至在車底長出了有如槳狀的板塊，偶爾打打水，彷彿在練習游泳一般。

「我們現在到底在幾樓啊？」「已經過兩百樓了吧……」眾人偶爾會這麼對話。起初夜路和小八還時常爭論大夥究竟來到了幾樓——他們原先對萬古大樓大廳那打通數層樓板的空間，究竟該算是一樓還是五樓的認知有所不同，但是當妖車一路往上推進超過兩百層樓後，雙方在樓層認知上的歧異便沒有太大分別了。

沿途張意不時在伊恩指示下，向上追蹤艾莫動態，艾莫和壞腦袋有時與他們相距僅數層樓，有時拉得較開。每一次張意見到艾莫，都覺得艾莫似乎更累了，甚至不再開口與他說話，任由他四處探尋；那大嬰兒床上的壞腦袋始終沉沉睡著，對張意偶爾的喊話沒有任何反應。

夏又離此時額頭上貼著催眠符，與躲回他體內的硯天希靜靜休養著——這接連四、五場水戰，大夥便這樣輪流退進妖車車廂裡休息，而非全員齊出，以利持久作戰。

在近兩場水戰裡，那些巨菱角、食蟲植物的攻勢已經減緩不少；新生的小壞腦袋數量也越來越少，眾人猜測是那千人凶魂和人形蟻后都逐漸消耗殆盡的緣故。

老金拍著鼓脹肚子，躺在一座漂游水上的浴缸裡，望著挑高天花板發呆；小蟲則蹲在另幾座浴缸旁，逗著浴缸裡十餘條怪魚，那全是他剛剛逮著的魚，他在魚身上紋上刺青，令魚兒安靜順從，作為眾人儲糧。

一旁的盧奕翰手裡抓著一支鐵叉，叉著一條烤熟的魚，皺著眉頭一口口吃著——這些怪魚經伊恩連同明燈、安娜仔細檢查過肉身，滋味或許怪了點，卻勉強能夠裹腹，眾人大都只吃一、兩口便不吃了，但盧奕翰像是想要替自己多儲存點氣力般持續啃著一條又一條魚——他寧可吃怪魚，也不想和老金比賽吃大甲蟲。

「師弟，你沒事做呀？再上樓探探呀。」摩魔火拍了拍張意腦袋，張意發著呆，與長門並肩坐在妖車側面，半小時前他才從睡夢中醒來；明燈的催眠符和舒體符，讓他用一小時左右的深度睡眠，換取約莫正常三、四小時的睡眠休息結果，長門和安娜則仍沉沉睡著。

至於張意懷中的伊恩斷手獨目，在沒有作戰的情況下，便一直保持著半閉眼睛的狀態，始終未曾完全鬆懈。

「喔……」張意點點頭，挪動了坐姿，仰起頭讓腦袋倚著妖車車身，望向天花板，然後閉起眼睛。

他的意識再一次離體穿出，他覺得自己越來越熟練這種感覺，每一次神遊時也越來越輕鬆，他穿過層層樓板，持續向上，一口氣穿上二、三十層空樓之後，來到一處寬闊的木造空間。

這木造空間十分巨大，挑高有數層樓高，聳立著一柱柱方形木柱。超過百名各國四指殺手，或站或坐或臥地散置在寬闊木造空間各處，彼此完全沒有交流，而是各自做著自己的事——或是磨刀、或是畫符、或是擦拭著隨身行囊裡那些裝著奇異肢體的瓶罐、或是逗弄著腳邊古怪異獸、或是擺出奇異姿勢冥想、或是不停摩挲著拳頭。

這些四指殺手各個蓄勢待發，像是一群迫不及待上戰場的凶猛士兵。

張意默默地再往上探。

來到一個紅通通的恐怖健身房裡，四周堆積著沾著血跡的健身器材、啞鈴槓鈴，一群紅通通的沙包和一群紅通通的人——那些人一個個盤腿席地而坐，有些人腳邊和腿上擺著染血啞鈴或是消防短斧，同樣一副等待上場搏鬥的模樣。

鴉片穿著軍褲軍靴、緊身無袖背心，坐在一張漆黑沙發上，被一群美麗侍者圍繞伺候著，目不轉睛地盯著前方那座熱氣蒸騰的擂台。

擂台上兩個男人分別坐在角落小凳上，一個是賀大雷，另一個是拉瑪伸。

拉瑪伸的身子此時破爛得不像是人的身子，但在一群古怪鬼僕圍繞著他持續敷藥施術治療之下，仍勉強維持著一口氣，令他能夠再次站起，他抬起雙臂保護著頭臉，準備迎接新的回合；賀大雷的身體狀態明顯比拉瑪伸良好許多，他面無表情，擺出空手道迎戰姿勢。

兩人頸子上都鎖著鎖鏈，腦袋上插著銳針，那些銳針能夠令拉瑪伸和賀大雷在不受黑夢洗腦、保有正常心智的情況下，卻仍聽從鴉片指揮行動——鴉片似乎玩膩了那些經黑夢洗腦而百依百順的奴隸，他喜歡見一個人心裡不願意，卻仍必須按照他指示行動時，發自內心流露出的矛盾和痛苦眼神。

兩人緩緩挪移腳步，逐漸接近。

拉瑪伸先攻，閃電般出腳，往賀大雷頭頸鞭去。

賀大雷抬起胳臂擋下這記鞭腿，然後一拳擊在拉瑪伸臉上，將拉瑪伸擊得向後飛滾，翻下擂台，摔進角落負責治療的鬼僕群中。

那些鬼僕七手八腳地扳正拉瑪伸被擊歪的鼻子，且在拉瑪伸臉上施放幾記治療法術，將他又扔回擂台上，這一回合還沒結束，還很漫長。

張意不忍再看下去，繼續往上探。

邵君坐在專屬的吧台前，端著手中酒杯，牽著吧台旁一名俊美侍者的手，一語不發地與那侍者四目相望，像是在調情。

酒吧四周擺放著大小桌椅，一群穿著妖異的美麗男女侍者們，和一群體型壯碩的黑道流氓，各自分坐在兩處區域，他們桌上擺著利刃、身上也掛著利刃，人人嘴角上都掛著奇異微笑。

遠處一座表演平台上，被五花大綁的男人是龐克，龐克的身子經歷數日施虐，慘烈得令張意不忍卒睹——四指有數不清使人痛苦的手段和法術，同樣也有許多令人在極度痛苦中維持生命和神智的法術。

龐克身邊圍繞著幾名男女奴僕，人人持著古怪的性虐道具，輪番或者一齊對龐克施虐，不時向邵君拋個飛吻或是媚眼，像是搶著討好這酒吧裡至高無上的女王。

張意繼續往上。

來到一處像是醫院的建築空間裡。

宋醫生站在一張人體工學椅上，望著前方傑作——一個赤身裸體、雙眼縫著墨線、全身遍布奇異符紋的雄壯男人——

四指現任頭目，奧勒。

奧勒身上那些閃亮亮的紅色符紋像是熔岩、像是炭火，閃爍著艷紅火光；在他身旁豎立著一柱高桿，桿上掛著幾瓶奇異點滴瓶子，幾條點滴管線接在他雙手胳臂上；兩名面無表情的護士，正戴著厚重手套，替奧勒取下胳臂上那些點滴銀針。

兩名護士引領著奧勒，繞到後方一張病床上，盯著病床上那全身裹著紗布的女人——瑪麗。

瑪麗四肢受縛，一動也不能動。

奧勒微微彎腰，捏起瑪麗的下巴，在她唇上輕輕一吻。

瑪麗的下巴和雙唇，都因爲奧勒手指和嘴唇上的灼熱亮紅符紋，而燒焦甚至起火，發出痛苦的呻吟。

奧勒整個人撲上病床，摟住瑪麗那婀娜身體。

瑪麗全身紗布都燒起紅色的火焰。

張意再往上。

他來到了一處華麗別緻有如公主閨房的豪華大廳，張意一望即知這是莫小非在萬古大樓裡的住處；但他在豪華大廳和十來間空房遊蕩探索，卻沒見到莫小非本人。

只在幾間古怪大房間裡，見到一座又一座奇異壁櫥。

壁櫥裡微微透出痛苦的呻吟，有些壁櫥縫隙還滲出血來，這些壁櫥其實是囚室，裡頭藏著全是過去與莫小非有結怨或是她看不順眼的人。

他再往上。

又是座陰暗的挑高木造空間，裡頭聳立著一座座巨大木架，木架上放著一把把紙傘，有些模樣古怪的鬼僕，提著裝滿血物的桶子，四處餵食紙傘。

張意注意到木造空間上方竟有些透明窗子，透下光芒。

他穿過這傘庫天花板，繼續往上，見到了黃昏的天空和夕陽，四周有矮樹和草皮，有花圃也有池塘，彷彿像是座空中花園——

張意終於來到了萬古大樓的樓頂。

樓頂空中花園各處駐守著數十名西裝筆挺的傘師，傘師們身上揹著傘、手上提著傘、腳邊也立著傘桶。張意注意到這空中花園幾處花圃裡，有些地方鋪著玻璃地板，能夠見到下層傘庫裡的傘架和紙傘，從某些角度望下去，那些紙傘有些像是藏在飛彈基地裡的儲備彈藥。

安迪戴著墨鏡、腳踏拖鞋，穿著亞麻色七分褲和白襯衫，窩在花園中央一張竹藤椅上，托著一顆插著吸管的椰子，悠閒望著天上流雲，像是個在沙灘度假的都市雅痞。

巨大的王寶年傘，橫擺在安迪竹藤椅後方一座大木架上，收闔的傘身外側並未鎖著鎖鏈或是施以任何禁錮法術，傘身微微起伏鼓脹的節奏，竟和打鼾有些相似。有幾條鎖鏈從巨傘下斜斜落出，延伸到一處游泳池構造的小池裡，那小池中的液體約莫七分滿，鮮紅而濃稠，池面上有幾隻伸出的手或者腳。

在血池另一邊，跪著數百人，這些人之中有許多是追隨拉瑪伸、瑪麗、龐克等人攻入萬古大樓的敢死隊成員，他們先在萬古大樓囚牢中受虐，再被掛在巨大升降梯底部，隨著艾莫和壞腦袋一路被押到頂樓血池。除此之外，還有黑摩組在清泉崗機場和中部封鎖線虜獲的各國協會成員。

包括協會四大主管秦老，此時也面無表情地跪在人群中。

血池旁幾名鬼僕，持著長鐵叉緩緩地攪動著池中血漿，或是撒入古怪藥草，像是在看照一池珍貴藥液般。

張意不願深究那池子裡究竟發生了什麼事，趕緊轉移開視線，他注意到安迪大竹藤椅旁，立著另一把傘。

那是一把墨青色的紙傘，傘身上凌亂綑繞著漆黑的鎖鏈，鎖鏈上還鎖著個大鎖頭，壞腦袋那無頭肉身，像隻無尾熊般緊緊抱著紙傘。

墨青色紙傘偶爾抖動一、兩下，張意儘管只是讓意識神遊上來，沒有眞正親眼見到那紙傘，但還是能夠清楚感應到紙傘裡頭那股窮凶極惡。

比底下的鴉片、邵君、宋醫生還要凶惡。

比奧勒還要凶惡。

比巨大的王寶年傘還要凶惡。

比摘下全部戒指的安迪還要凶惡。

張意暗暗猜測傘裡裝著的，必定是伊恩與摩魔火沿途不時叮囑他四處神遊探路時，千萬得留意尋找的那位大前輩——

那隻瘋瘋癲癲的千年狐魔硯先生。

至於壞腦袋那顆大腦袋，則安然在另一邊一株小樹下的大嬰兒床上，仍沉睡不醒；

艾莫坐在大嬰兒床旁的搖椅上，一手托著大嬰兒床，像是個照顧大嬰兒的長者一般。

艾莫微微轉頭，將臉轉向張意意識。

不知怎地，雖然艾莫的雙眼縫著縫線，且始終面無表情，但張意總覺得他那張沒有表情的臉龐上，隱隱流露出笑意。

「孩子，你終於來了。」艾莫這麼說。

「這表示——」安迪伸了個懶腰，托著椰子微笑說：「我們贏了。」

遠方火紅的夕陽緩緩地往山的另一邊沉，空中的斑斕彩雲在萬古大樓上方盤旋成漩渦狀。

「安迪，好了沒呀，我睡得好飽了……」王寶年巨傘透出慵懶的喝欠聲。「他們來了嗎？」

「快了。」安迪吸乾了椰子，隨手扔下，站起身來，扠著手轉頭四顧，他感應不到張意的意識，便隨興對張意喊話。「張意，你聽得見我說話嗎？回去記得和伊恩說，我已經準備好要和他打第三場了——第一次是他逃，第二次是我逃，第三次的結果，我等不及想知道了。」

安迪這麼說的同時，整棟萬古大樓微微震動著。

王寶年傘緩緩地自安迪背後浮騰豎起、然後緩緩地張開，散溢出一陣極度凶猛的紅風血氣，傘裡垂落下數百把紙傘，每把紙傘都像是活人心臟般撲通撲通地抖動著，且纏繞著腥紅血氣——那些血氣來自於後方那座血池。

萬古大樓下方遼闊的黑夢巨城，各種顏色、各式各樣的招牌、窗戶、燈火，似乎隨著日落和王寶年傘的張開，正一盞盞亮起。

「老大，安迪準備開戰了——」張意聽過安迪那番喊話後，急忙地讓意識飛梭落回自己的身體裡。

跟著他才發覺，妖車周圍眾人早已全睜開眼睛，警戒地張望著四周。

所有人都感應得到那一陣陣四面八方透來的迫人魔氣。

轟隆隆的樓板震動聲在頭頂上方響起，大夥聽著張意講述在樓上探尋的結果。

「……」伊恩斷手獨目眨了眨，數條雪姑蛛絲倏地鑽進張意隨身背包中，纏出三枚小人身果。「青蘋，樹上還有多少果子？」

「只剩兩顆大果子……」青蘋翻找著百寶樹。「哎呀，有顆剛生出來的小果子，但是才黃豆大……」

「兩顆大果子可以摘下來了。」伊恩這麼說，雪姑蛛絲立時鑽去妖車駕駛座裡，纏成托盤狀，向青蘋討果子。

「大頭目，你要現在摘果子？」青蘋問。

「你們覺不覺得……」伊恩沒有回答青蘋的問題，而是反問眾人：「我們攻樓的行程，比原本想像中來得快了點？」

「是呀……」眾人相視一眼，不約而同地點了點頭，他們本來預想可能會在萬古大樓中糾纏上許多天，因此帶了滿車食物。

然而他們在凌晨時分攻入萬古大樓，在約莫二十餘層樓高處遭遇水襲，與一群小壞腦袋，以及樹老師神草大隊展開惡戰；跟著，他們輪流休息，持續往上推進，經歷數次水戰，在黃昏時刻，已經向上推進了兩百幾十層樓，逼近萬古大樓樓頂。

「我以爲一開始的水戰只是道小菜，之後每幾層樓都會碰上不同菜色，結果整棟樓全是大菱角跟食蟲草，他們讓我們一路濕淋淋地上樓。」夜路這麼說：「安迪連續丟十幾道同樣的小菜，就是想把主菜集中在最後幾層樓，一口氣撐破我們肚子？」

「他們確實沒有必要分散力量駐守不同樓層，讓我們像是電玩遊戲那樣一路破關、各個擊破。」伊恩斷手獨目陰晴不定。「不過……我不覺得安迪是那種單純地把所有人力集中起來和對手決一死戰的人；我總覺得他另有圖謀。」

「我猜他不想給我們時間養百寶樹，他們知道大頭目可以靠著人身果恢復人形拿七魂刀。」青蘋這麼說，一面在百寶樹的枝葉間指指劃劃，她手指劃過之處，枝葉便緩緩地枝枯葉落。她像是擠牙膏般地將整株百寶樹的能量往那兩枚大果子集中，使那兩枚大果子變得更加渾圓飽滿，長大整整一圈，這才將百寶樹上兩枚大果摘下，放在雪姑蛛絲結成的托盤上。

雪姑蛛絲托回兩枚大果，再將張意口袋裡早先摘下的三枚小果子，一齊繫在伊恩斷手手腕處，像是一串巨大手鍊——模樣雖然古怪，但能讓伊恩第一時間使用果子，化出人身。

此時副駕駛座土堆上那百寶樹枯枝，高度只剩下不到十餘公分、乾黃枯枝分岔僅剩三、四支；其中一截搖搖欲斷的細枝上，還掛著那顆剛長出不久、僅黃豆大的小果子。

那小果子也因爲被吸乾了養分，萎縮成乾癟模樣。

青蘋望著那全心照料保護了許多天的百寶樹枯枝，心中有些不捨，只盼那些人身果能發揮出最大的效用。

「那或許也是一個原因，但……」伊恩聽了青蘋的說法，也未正面答覆。

此時眾人雖聽見上方樓層傳來陣陣震動聲響，但未感到敵人魄質逼近，便也只是待命備戰。

轟隆磅硠幾聲，遠處天花板破開一處大口，破口滾下大量磚塊和金屬板、木板，啪啦啦地竟堆築出一條寬長樓梯。

那些受命在上方樓層守衛探路的小壞腦袋們，嘰嘰喳喳地往樓梯聚去，探頭朝底下嚷嚷尖叫，向張意通報這奇異變化。

「是樓梯，他們變出樓梯？他們請我們上樓呀？」小八歪著腦袋嘎嘎叫著。

「不要上當，肯定有詐！」英武立時接話：「那些壞人哪有那麼好心！」

「管他有沒有詐，大家上呀！」硯天希拉著夏又離，唰地幾個奔躍，來到那由零碎金屬支架、磚石或是木板堆疊成的寬闊樓梯旁，轉頭對著眾人喊話：「我們都一路快殺到頂樓了，還怕他有詐？」

「小狐狸這話挺有道理。」老金嘻嘻一笑，奔跑幾步高高躍起，在空中翻了個筋斗變成紅黃相間的大虎模樣，吼地落在硯天希身旁。「待會要是見到妳那大狐魔父親，動起手來，妳可別怪我出手太狠。」

「我巴不得你出手狠一點。」硯天希哼哼地說：「最好替我那苦命的千雪媽媽好好教訓那隻老混蛋。」

「伊恩？」安娜望著張意和伊恩斷手，只見伊恩藍眼綻放光亮，像是在感應四周動靜一般，張意則微微張口，眼神呆滯，像是又開始神遊探路。

「老大覺得不太對勁……」摩魔火見眾人都望著張意，像是都在等伊恩開口發號施令，只好解釋：「他要師弟再探探路。」

「還探路？」老金遠遠地催促起來：「不是才剛剛探完？」

「不一樣。」摩魔火說：「老大要師弟往下。」

「往下？」眾人聽摩魔火這麼說，不解地問：「我們不是一路從底下打上來的嗎？底下還有什麼好探的？」

「這……」摩魔火一時也解釋不清，但見伊恩獨目藍光閃耀，知道他正專注感應四周動靜，便不敢打擾，只好說：「急什麼，安迪鋪條樓梯，我們就要給他面子乖乖上樓呀？擺個架子讓他們等等不行嗎？」

此時上方樓層的數十隻小壞腦袋們，像是收到了張意的指示般，紛紛往下跳，一個個潛入地板，隨著張意的意識往下方樓層前進。

張意領著一票小壞腦袋，讓意識一連穿過百來層樓，卻沒見到任何動靜。有些樓層裡還積著滿滿的水、漂著七零八落的巨菱角花葉；許多石蓮獸葉瓣已經生長成一叢叢新的石蓮植株，緩緩地在大葉上爬動，或是在水中游動，像是在找尋養分吸食般。

張意繼續往下探了幾十層樓，來到整座萬古大樓的中段——萬古大樓中段以下，由於與整座黑夢巨城融合爲一，四周空間更加寬闊，深不可測，但張意依舊沒有發現什麼特殊情況或是伏兵。

嘎——一聲尖叫來自上方樓層。

那是小壞腦袋的警示叫聲。

張意聽見那叫聲，便讓意識轉向，往上找了幾層樓，在一處空樓梁柱旁見到兩個搖頭晃腦的小壞腦袋伸手指著梁柱一角。

梁柱上有處閃爍的小光源。

「這是什麼？」張意讓意識湊近那兒，只見那小光源來自一塊液晶螢幕——那像是舊式行動電話的液晶螢幕開啓了夜間照明的樣子。

他再仔細看了看，那確實是一支舊式行動電話。

「這……然後呢？」張意左右看了看，只見陰暗樓層中，有數不清的類似光源，有些來自古怪招牌、有些來自奇異燈具、有些來自閃爍的電視機，有些電視機上，還映著受擄晝之光或是靈能者協會成員的受虐畫面——這些他們一路上都見過了。

「我要你們找有用的東西，不是找這小電話！你們用點心好不好？」張意像個老大哥般教訓著這些小壞腦袋；跟著他聽見四周小壞腦袋們紛紛發出尖叫通報，便又趕去查看。只見這些小壞腦袋們像是訓練有素的緝毒犬般，蹲在各處可疑角落，指著那些隱晦黯淡的小光源歪頭鬼叫。

有嵌在壁面上的公共電話。

有嵌在梁柱裡的行動電話。

有嵌在地板上的老舊轉盤電話。

全是電話。

「我要你們找有沒有可疑的東西，例如敵人！不是找電話！」張意對著一個攀在一座歪斜公共電話上的小壞腦袋大聲斥責起來。

「嘎——」那小壞腦袋露出委屈的模樣，伸手拍打起公共電話。

鈴——

那公共電話突然響起鈴聲，嚇得那小壞腦袋跌下地來，哇哇大叫，也將張意的意識嚇飛老遠。

「怎……怎麼回事？」張意再湊近，只見好幾個小壞腦袋圍住那公共電話，像是一群見到新事物的小猴子般，不停叫著跳著，卻沒有一人敢伸手去碰。

其中有個膽子大的小壞腦袋，跳起來重重拍了那電話一下。

話筒啪地落下，拖著電話線垂在空中晃盪起來。

張意令小壞腦袋拿妥話筒，湊去那話筒旁，卻什麼也沒聽見。

他漫無頭緒，正打算繼續往下探找，突然瞥見那公共電話的按鍵上，本來的「#」

字鍵上，竟刻著一枚古怪符號——
那符號像是一種古怪動物。
貘。
「啊！這動物是……啊呀，該不會是……」張意猛然想起了什麼，立刻對著小壞腦袋們高聲下令：「快……快把這些電話搬上去，要是電話線不夠長，就把線變長，小心別弄斷電話線，聽到沒有——」
嘎——幾十名小壞腦袋收到了張意號令，飛快散開，一個個撲向那些嵌在牆壁上的電話，破壁鑿牆地將一具具電話挖出，抱著電話往上穿過一層層樓。
張意飛快讓意識往上，他明白爲什麼小壞腦袋們只找電話了，這些電話並不屬於黑夢，而是突兀嵌進黑夢建築裡的「外來物」，因此在那些小壞腦袋眼中顯得格外醒目。
啪！一隻抓著兩支行動電話的小壞腦袋，腦袋莫名爆開。
啪啪！兩隻合力抬著一具公共電話的小壞腦袋，腦袋也同時爆開。
啪啪啪啪啪！一隻又一隻抓著電話往上飛的小壞腦袋，腦袋紛紛爆開。
「啊！被他們發現了？」張意望著一具具往下墜落的電話，望著一隻隻炸毀腦袋的小壞腦袋殘體，驚恐地不知所措。

他飛梭回神，嚷嚷叫起：「電話！老大，接電話——」

04來自地底的電話

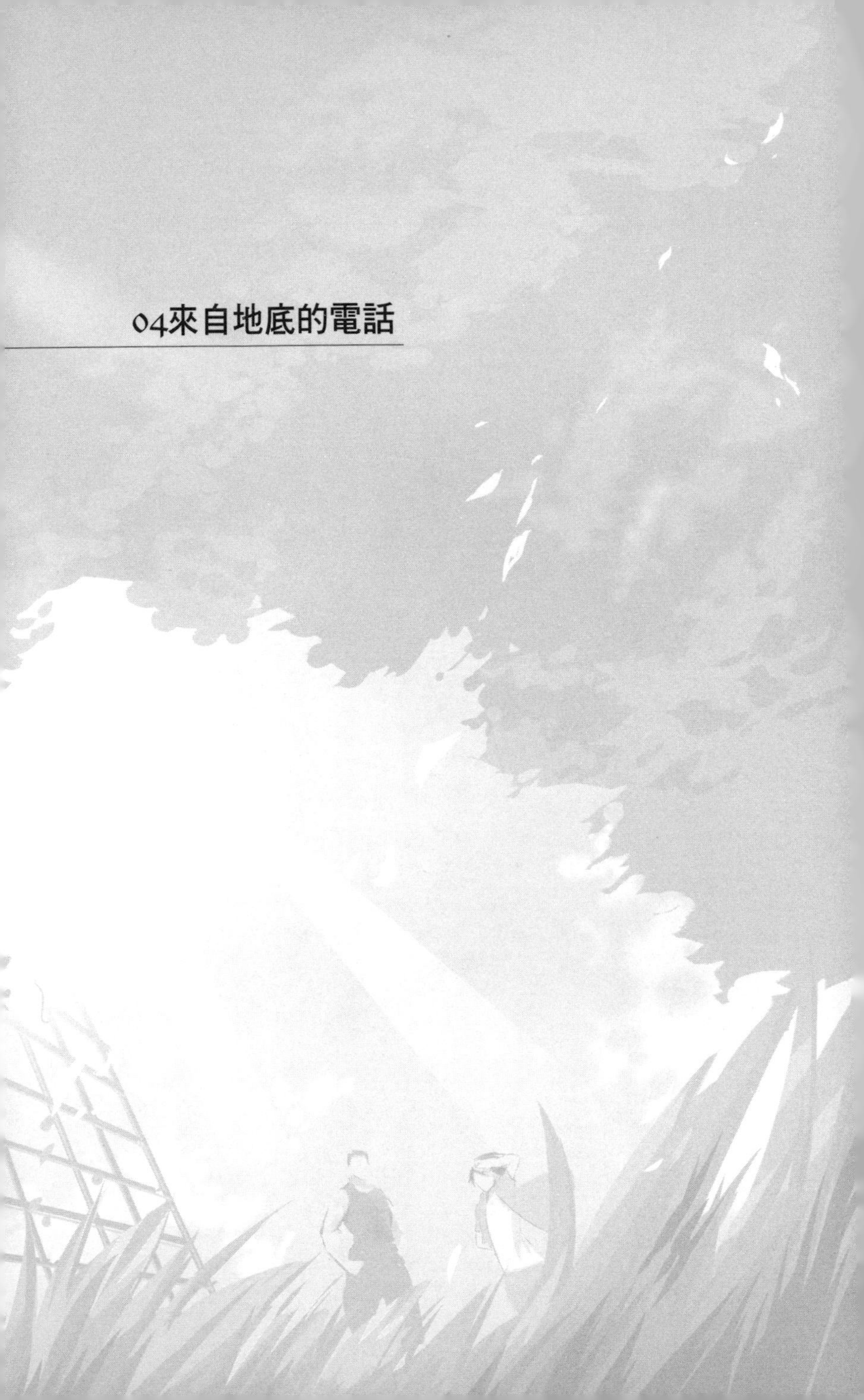

「接電話？」伊恩眨了眨藍眼。

妖車眾人見張意回神，口裡嚷嚷著要伊恩接電話，都不明白他在底下見到了什麼。

此時硯天希早已不耐煩地自行先登上數層樓，沿路與要求她配合團隊行動的夏又離爭執不休，她從上方那被小壞腦袋們鑿開的大洞往下望，大聲催促說：「你們再不上來，我就要自己一個人上去殺安迪了！」

老金跟在硯天希身後，他雖然支持硯天希往上進攻的提議，但他終究老成，知道伊恩既然遲疑，必定有理由；他見硯天希拉著夏又離來到圓洞旁往下望，便突然殺氣奔騰地飛撲攀上兩人後背，張大虎口叼住夏又離後腦，抱著兩人一同躍下圓洞，落回妖車旁。

「死老虎，你做什麼？」硯天希拖著夏又離落地後滾開老遠，瞪著老金怒罵起來。

「我只是在練習如果被黑夢迷惑了心神的話，該怎麼咬掉你們腦袋，原來挺容易的。」老金舔著爪子，說：「你們也應該練習一下，怎麼躲過我的牙和爪子。」

「你這臭老虎喜歡惡作劇是吧！」硯天希惱火地想要畫咒和老金單挑，立刻被夏又離抓住胳臂，勸她：「別這樣，老金前輩只是在提醒妳，脫隊行動很危險吶……」

妖車這頭眾人則像是早已習慣硯天希的胡鬧蠻橫，所有人都將注意力放在回神的張意身上。

「電話按鍵上有貘，一定是紳士變出來的電話！」張意比手畫腳地解釋著底下動靜，但一時之間，他的思路和口才，卻很難將電話、紳士和小壞腦袋們的腦袋接連爆炸這些事情，清楚地組織成一段完整的報告。

但安娜似乎聽懂了。

「你說你在那些電話上看見貘的圖案？」安娜快速說：「按照先前你們的說法，那些貘造出的結界能夠融入黑夢，所以紳士他們並沒有被黑摩組逮著，且也已經攻進萬古大樓裡，試著用電話跟我們聯絡？你的意識沒辦法接電話、小壞腦袋也不會說話，所以你要小壞腦袋把電話帶給我們，但他們在路上一個個腦袋都爆炸了——也就是說，安迪他們察覺了小壞腦袋的行動，想阻止他們把電話帶上來？」

「紳士他們沒被黑摩組逮著？」「他們現在也在萬古大樓裡？」盧奕翰、夜路和青蘋互相相望一眼，似乎聽懂了七成。「他想對我們講什麼？」

喀啦一聲，一隻腦袋被削掉半邊的小壞腦袋，抱著一具黑色老式轉盤電話，從妖車旁地面鑽出。

小壞腦袋眼神朦朧，歪歪斜斜地倒下，地板上倏地鑽出金屬支架，像是想將電話扒回地下，卻停在半空沒有後續行動——

是雪姑的蛛絲捲住那些鬼爪般的金屬支架。

同時，張意身子在雪姑蛛絲的控制下，飛快伏在那電話旁，取起話筒。

當他的手按在地板上、按著那老式轉盤電話機時，本來微微震動的地板立時安穩下來——張意施展黑夢力量壓制住整片地板。

這台轉盤式電話的轉盤數字，從零到九的十個數字，其中「零」的位置上，是一隻貘的圖案。

「喂？」張意接起電話，對著話筒呼喚一聲，同時將伊恩斷手托至電話旁。

「我是伊恩。」伊恩攀上話筒，沉沉地說，然後，他斷手獨目閃耀起更耀眼的藍光，像是收到了電話那端的回覆。

一旁的小八和英武忍不住飛到夜路肩上，望著伊恩斷手與那電話之間的對話，交頭接耳討論起伊恩究竟用哪隻手指聽電話，又用哪隻手指回答。

但他們還沒討論出結果，便讓上方那突如其來的巨大震動嚇得高高飛起。

猛烈的殺氣海嘯般自眾人頭頂蓋下。

張意全身閃耀起銀白光芒，雪姑蛛絲纏繞上他全身。

「所有人上車！」伊恩獨目藍光閃動，高聲疾呼：「準備行動——」

「快上車——」安娜高高躍上車頭，仰望上空，只見上方天花板裂開蜘蛛網般的裂痕，裂痕裡透出一道道凶猛紅光。

青蘋原本便坐在駕駛座上，連忙縮回腦袋，捏著神草黃金葛施術備戰；小蟲、夜路、盧奕翰紛紛鑽入車內，各自駐守在車廂左右窗邊；郭曉春張開白鶴傘將自己和阿毛提上車頂，再從車內成員手中接過一把把傘，在車頂張開護身傘陣。

天花板終於崩裂開來，一座座巨大鋼鐵柵欄升降梯轟隆隆地砸在四周，柵欄大開，裡頭殺出一個個殺氣奔騰的四指殺手。

安娜揮甩長髮，與郭曉春眾傘魔們撥開一塊塊砸向妖車的水泥板塊，她們見張意在雪姑蛛絲操縱下，抓著伊恩斷手臂骨，讓伊恩拔開七魂，以為伊恩終於要下令往上進攻，卻見到張意倒轉七魂，將刀插進地板——

切月紅光四面亂射，妖車四周連同底下十餘層樓地板，登時一齊崩裂，眾人連車帶人，全往下方墜落。

「我們掉頭。」伊恩這麼說。「紳士回報，目標在地底。」

「什麼？」「在地底？」「壞腦袋、安迪、四指前頭目、王家大傘不是都在頂樓嗎？」妖車眾人一面往下墜，聽伊恩這麼說，全都驚呼起來。

「紳士發現地底藏著一顆巨大的腦，那顆巨腦像是剛剛完工，正開始運作、逐漸接管整座黑夢——那顆腦才是我們眞正的目標。」伊恩快速轉述紳士的發現。

「什麼！」夜路等人更驚訝了。「地底還有巨腦？」他說到這裡，突然嚷嚷地對著車外的張意喊：「張意兄，怎麼你一開始沒檢查地底？」

「有啊！我有——」張意四肢受雪姑蛛絲控制，只有腦袋可以轉動，聽到夜路這麼說，立時大聲喊冤：「我那時坐大電梯往下好多層，見到艾莫帶著壞腦袋上樓，我把我看見的都告訴你們了！」

當時艾莫主動迎接張意，像是導遊般帶領張意的意識搭乘巨大升降梯往下，將壞腦袋搬移電梯，一路向上，跟著讓他見到晝之光俘虜的受囚過程；此時想來，那嬰兒床上的壞腦袋和被綁在升降梯底部不斷往上載運的晝之光俘虜，全是引誘妖車眾人直直往上方進軍的誘餌。

數十名從數座鋼鐵升降梯殺出的四指殺手，因爲地板崩裂的緣故，與妖車一同往下墜落；當中有些身手矯健的，踩在隨身鬼僕肩上、蹲在古怪飛毯上、騎在鳥怪背上，搶先往妖車攻來，試圖突破郭曉春的白鶴與安娜的髮鞭。

張意在雪姑蛛絲操縱下，持著伊恩斷手，踩在崩落的水泥板塊上飛奔，不停揮動七魂斬裂下層地板；長門、老金和硯天希與夏又離則繞在妖車左右，掩護妖車直直往下墜樓——

底下樓層穿出各式各樣的鋼梁和巨柱，往妖車射來。

同時，上方三股凶猛殺氣透過那群四指殺手，往下逼來，是全力出擊的鴉片、宋醫生和邵君。

「張意，換你接手開路。」伊恩斷手揮動七魂，斬碎底下一堆鋼梁大石之後，突然自張意手中彈起，猶如火箭升空般高高往上方竄去。

伊恩斷手臂骨冒出黃煙，湧出團團怪肉——是伊恩捏開一枚大人身果。

「師弟，開路！」摩魔火攀在驚慌失措的張意頭頂，八足大力捏著張意腦袋。

「好痛啊！」張意手舞足蹈地哇哇大叫，像是落水小童般砸在下方尚未切開的樓層地板——

像是砸在豆腐上一般。

連帶也將整片地板砸開一大塊破口，讓更上方的妖車一路筆直下墜。

「哇，水呀！」張意一連扯開十餘層樓地板，越落越快，突然見到下方是一片漆黑深水，樓中深水因地板被張意扯裂開來的關係，水位快速下降，出現巨大漩渦，幾座花殘葉斷的巨菱角，隨著漩渦繞轉，像是感應到自上方墜下的張意，紛紛挺起殘莖斷角，往上揮打。

「哇！」張意駭然大驚，他與妖車墜落的速度自然遠比水洩的速度要快，眼見就要跌入深水漩渦，身子卻陡然止住了墜勢。他抬頭一看，原來是長門撥下銀流捲住他，將他牢牢繫在妖車底部數公尺處。

同時，妖車也因硯天希召出數隻飛羽，以黑藤綁在車身四周，加上郭曉春指揮白鶴拉車，彷如緊急煞車般減速，這才沒讓全車連同吊在車底下的張意砸進水裡。

「師弟，你還有時間鬼叫，快把地板的洞弄大點，讓水快點流空，老大還在替我們斷後呀！」摩魔火惱怒催促。

「喔、喔！」張意揮手蹬足，將下方樓板扯得更開，數層樓高的積水十餘秒內便傾瀉一空。

「大家全力掩護伊恩！」安娜見上方黑摩組三人快速逼近，俯衝殺下，知道無論如何，必須掩護伊恩長出肉身。

此時伊恩斷臂處湧出的果肉，已經結出了上臂、裹成了胸腔、生出了脊椎，那些與妖車一同往下墜落的四指殺手，紛紛施法襲擊伊恩。

「白鶴，雪花；鳥隊，繞！」郭曉春立時舉傘，指揮白鶴與鳳凰傘鳥隊掩護伊恩，白鶴搧出千根羽片伴著大隊飛鳥，連同安娜髮鞭和青蘋的黃金葛，高高往上飛衝，替伊恩攔阻周圍四指殺手。

鴉片雙眼發白，咧嘴惡笑，他雙手戴著碩大如同裝甲般的護臂手套，背上揹著一具古怪石棺，俯衝墜下，硬捱利羽、揪斷髮鞭、劈裂黃金葛，直直往伊恩衝去。

伊恩即使只長出胸腔和單臂，也仍能揮刀，他一刀橫地攔腰往鴉片斬去。

但鴉片像是早有準備，立時轉身背對伊恩。

讓背後的巨大石棺擋下自下竄來的切月紅光。

石棺被紅光劈開一道切口，切口裡濺出古怪血漿。

伊恩又揮數刀，一道道凌厲紅光劈去，將整座石棺斬得碎裂炸開——

炸出數百隻鬼，瘋狂凶暴地擁向伊恩結長到一半的人身。

七魂伸出兩隻枯手，撒開一片符海，一張張黃符迎面貼上群鬼額頭，燒出金黃火焰，將群鬼瞬間燒得焦黑化散。

鴉片身子也沾上數十張符，一把握住了七魂刀刃——他揹那石棺的目的，只是想在第一時間擋下切月猛擊，讓自己盡量逼近伊恩；此時的他摘去全部的戒指，頭臉全身繞動著凶猛魔煙，他戴在雙臂上那碩大護甲手套，堅韌得使他能夠強握七魂刀刃。

「沒有這把七魂刀，你就什麼都不是了。」鴉片用左手握著七魂，右手捏拳，轟隆往伊恩結長至一半的腦袋打去。

鴉片這拳並沒有打在伊恩臉上，而是先被貼滿明燈符籙的雪姑蛛網擋下，然後壓著符網撞上霸軍橫起的大槍桿上；幾乎同時，老何巨掌左右扣住鴉片右臂，克拉克和無蹤一齊現身，克拉克的槍托重重砸在鴉片鼻梁上、無蹤的膝蓋則頂上鴉片胸膛。

七魂六將聯手替伊恩擋下鴉片這記能夠搥裂大地的猛拳。

下一刻，鴉片緊握著七魂刀刃的左手護甲手套，在切月紅光如同螺旋槳飛旋切斬下，逐漸崩出裂痕。

伊恩胸腔飛快結成，逐漸生出左臂和下腹，腦袋也長出一半。

「七魂……只是一間房子……」伊恩嘴裡的舌頭長到一半，牙齒正一顆顆冒出，含糊不清地說：「重要的是……房子裡的人，他們都是，我的老友……」

磅磅幾聲槍響，克拉克將狙擊槍端在鴉片臉前十餘公分處連續開槍。

在強橫指魔力量加持下，鴉片一張臉強韌得猶如銅牆鐵壁，幾枚子彈彈開，幾枚子彈嵌進他臉頰肉裡再擠出落下。

克拉克挪移槍口，將狙擊槍對準鴉片左眼。

鴉片猛然低頭，令克拉克這槍磅地擊在他額頭上，符彈啪地彈開。

鴉片嘴角上揚，像是有點得意自己這身銅皮鐵骨，但他額心中彈處立時燒出紫煙，繞住他雙目；他立刻鼓嘴呼出黑氣，吹散紫煙，但眼前還是一片白茫，什麼也看不到，因爲雪姑蛛網緊跟在克拉克槍擊後裹上鴉片的臉。

「喝！」鴉片又想張嘴吹煙，卻覺得嘴裡被塞進一團符，炸出烈火，烈火雖然燒不痛他的嘴，但伴隨熏開的濃煙卻讓他嗆得難受。

這一連串變化展開極快，鴉片從囂張霸道到警覺情勢逆轉，只是兩、三秒間的事——他的右臂被老何巨掌和無蹤緊緊扣著，右手護甲已經被切月斬裂碎散。

伊恩上半身已經長好，一頭棕髮隨風飆竄，伸指在鴉片臉上、額上、胸口連續飛快施下數咒，炸出閃電般的雷光。

「喝！」鴉片驚恐放開七魂、甩開老何和無蹤，用右手護甲作盾，接連擋下切月幾記劈斬，借力彈開老遠，低頭檢視被伊恩施下雷擊咒術的胸口，像是難得受到會令他心生畏懼的皮肉疼痛般。

他憤怒轉頭朝著尚在上方遠處觀望的邵君和宋醫生大罵：「你們怎麼不幫我一起打——」

「你沒看我也在忙呀！」邵君大聲喊冤，她本來隨著鴉片往伊恩攻去，卻被硯天希和夏又離聯手攔下——百年狐魔硯天希，純論蠻力，雖比不上摘下全部戒指的黑摩組成員，但仗著墨繪術奇巧，抓著飛羽在空中游擊牽制，不時放出火鷹掩護，邵君想在短時間內取勝可不容易。

另一邊的宋醫生行事本便謹慎，他領教過伊恩和七魂的厲害，也知道那人身果有時間限制，更不急著搶攻，只是遠遠地使出大手術，和底下的老金對爪數次——老金是五百年虎魔，道行比硯天希更高出許多，儘管在先前穆婆婆雜貨店結界裡被天之籟埋伏，受了內傷，但仍是這支妖車突擊隊裡除了伊恩和硯天希之外，另一個可以和黑摩組五人放單決鬥的厲害角色。

伊恩雙腿逐漸長好，明燈黃符也在伊恩身上化出過去他常穿的裝束——深色緊身上衣外，套著一件能夠裝藏許多法器符籙的長版外套，下身則是剽悍皮褲及皮靴。

四周魔氣更盛，遠處四面牆壁也紛紛崩出裂口，一隻隻古怪魔物自裂口外往內鑽擠。

那是王寶年的傘魔。

此時王寶年巨傘在萬古大樓樓頂高高張開，出動大量傘魔，從大樓四面攀下，再鑽進大樓追殺妖車。

妖車上方，除了不停追擊中的四指殺手外，又再落下一座座巨大升降梯，那些升降梯頂上鎖鏈左右搖擺，使升降梯不僅往下俯衝，還左右亂盪，甚至往妖車直直撞來。

那些升降梯裡載著王家傘師，王家傘師從升降梯柵欄裡伸出手，張開傘，召出更多傘魔，往妖車圍去。

「白鶴，爪！鳥隊，圍！阿毛，還有沒有其他傘？要會飛的——」郭曉春費力操使著十二手傘，指揮著傘魔抵擋追兵，一旁與郭曉春同守車頂的阿毛，手忙腳亂地從傘箱中挑出更多適合空戰的備傘，拋給郭曉春使用。

十二手鬼接過幾把備傘，一一張開，躍出兩個拿著彈弓的小童，和一隊老母雞；老母雞勉強能飛，聯手提著幾個花臉將軍飛上半空迎戰來敵；彈弓小童則舉弓亂射，朝著四指殺手頭臉擲射一顆顆煙霧符丸。

幾隻王家傘魔逼近妖車，被迎面斬來的切月紅光劈下腦袋或是攔腰斷成兩半——化出人身的伊恩，持著七魂殺退幾波傘魔後，橫地蹲伏在一座往妖車凶猛撞來的升降梯側面，將七魂刀插進升降梯柵欄裡。

紅光在那升降梯中旋轉閃耀起來。

裡頭七、八名王家傘師的身體瞬間裂散，然後全混在了一起。

霸軍站在升降梯頂部，舉著大槍幾記重砸亂砍，砍斷升降梯其中一邊鎖鏈，使這升降梯歪斜橫擺地撞上另一座升降梯。

跟著，一道巨大切月紅光橫地劈來，將兩座升降梯及第二座升降梯裡頭追兵，全斬成上下兩截。

伊恩接連斬毀數座逼近的巨大升降梯後，騰在空中，踩過幾個揪著飛鬼逼來的四指殺手頭頂和肩背，那些被他踩過的四指殺手頸子都被捲上雪姑蛛絲，像是風箏般被伊恩拖在背後。

伊恩繞著妖車躍了一圈，回頭劈去數刀，將拖在背後那纏成一大團的傘魔和四指殺手切得七零八落，全往底下墜去。

「有身體的伊恩那麼厲害？」邵君試圖混在四指殺手中逼近妖車，卻被伊恩幾刀逼退老遠，踩在一隻鳥怪傘魔背上，準備再次發動攻擊。

「女魔頭，去打那肌肉怪呀！」

一聲怪叫從下方傳入邵君耳朵、鑽進她腦袋。

她的頭頂、後腦上陡然閃爍出點點亮光，她連忙摀著腦袋躍得更高、退開更遠。

「臭小子想用黑夢控制我！」邵君攀在高處壁面，嚷嚷叫罵——她與宋醫生、鴉片的腦袋上都插著許多銀針，那是艾莫替他們打造的臨時保護裝置，以防他們再次受張意控制反目相殘。

「啊！女魔頭怎麼不聽我指揮？快揍他們呀——」張意嚷嚷怪叫，突然被摩魔火扳正腦袋，讓他看著下方往他竄來的數條鋼梁。

一條鋼梁筆直撞在張意臉上，像是一塊豎直豆腐，被張意的鼻子撞得稀爛，然而碎爛的鋼梁破塊散開之後，霰彈槍般噴在更上方的妖車身上，痛得妖車哀嚎大哭起來。

「師弟，上面交給老大，你先顧著眼前！」摩魔火高聲提醒。

只見底下被張意扯爛地板的十餘層樓空間四周，橫地竄出更多鋼梁，一條條鋼梁上都攀著四指殺手，人人持著怪異銳刃和法器，領著群屍惡鬼前來攔路。

「不准打我，去打黑摩組——」張意比手畫腳地大喊。「或是自己打自己！」

那數十名四指殺手，約莫三分之一將銳刃插進自己胸膛或咽喉，三分之一越過妖車，轉而往上方的鴉片和邵君進攻，但仍有三分之一身上施有防護黑夢的法術或是道具。

幾名四指殺手踩著往上飛竄的鋼梁、或是乘著飛鬼，朝著張意衝殺而來，被急急躍下的長門撥弦打退；長門以銀流纏著自己，垂吊在張意身邊，撥開一道道銀流在他倆身邊竄繞護衛，抵禦四指殺手圍攻。

妖車在數隻飛羽振翅減速下，下墜速度比升降梯稍快、卻又不致於失速急墜；車廂內不時響起凶猛獸吼，那是夜路探手出窗，舉著鬆獅魔四面開砲，將逼近的四指殺手一個個轟遠墜樓。

整棟萬古大樓中雖不只一處積水樓層，但妖車眾人這次由上往下進軍，不須擔心大水灌頂，最底下的張意一見到積水樓層，只要將地板裂口扯大些，積水再深，也很快洩空。

「上面有伊恩，底下有張意，我們沒辦法靠近呀。」邵君捏爛了幾個聽從張意號令追上來打她的四指殺手腦袋，見伊恩手中七魂彷彿能斬裂一切，更下頭的張意能控制部分四指殺手，接連幾處積水樓層也阻不住他們，急得朝宋醫生喊：「我們的巨腦究竟造好了沒？」

「剛剛艾莫收到麗塔的通知，巨腦已經完成，正在接管全城黑夢。」宋醫生這麼說：「但我們這座城已長得太大，巨腦需要點時間運作。」

「叫麗塔先接管這大樓吧！」鴉片憤怒大罵，他另一手上的護甲也被伊恩斬碎，胳臂鮮血淋漓。他踩在一座被斬裂的升降梯上半部，揪下胸前的銀鍊，那銀鍊上鎖著用以控制黑夢的戒指，和封印戒指的小鎖。

「幹嘛，你想用黑夢反擊啊？」邵君這麼問。

「反正我們有艾莫的道具保護，用黑夢跟伊恩拚啦！」鴉片這麼說。

「我勸你不要。」宋醫生在上方提醒。「艾莫那道具防護並非滴水不漏，你要是戴上戒指，跟張意心靈相通，說不定受到的影響會增大！」

「誰管得了那麼多！」鴉片哼地扯開那鎖頭，捏著戒指，卻遲遲未戴上手，像是真有幾分猶豫——

他這麼一猶豫，捏在手上的戒指磅的一聲被克拉克遠遠地一槍擊飛。

「吼！」鴉片憤怒得七竅生煙，像隻野獸般伏在升降梯頂，正要往斜下方的伊恩俯衝追去，卻被一隻詭異枯手搭上了肩。

那隻手枯瘦黝黑，彷如老朽枯枝，胳臂手背則生有稀疏黑毛。

鴉片本來性情浮躁，摘下全部戒指之後更加狂暴，但此時他被那隻枯手按在肩上，只感到通體一陣冰冷，有種比被伊恩用七魂架在頸子上更加凶險的危機感。

他回頭，只見背後站著一個身穿破爛灰袍、全身纏滿漆黑鐵鍊的矮小老者——千年狐魔硯先生。

安迪則站在更上方另一座巨大升降梯頂，張著那把墨青色傘。

此時的安迪也摘下了全部的戒指，他的額頭、雙臂都伏凸著青筋，費力舉著那青傘，像是一名釣客釣著了巨型大魚，整張臉脹得通紅冒汗。

安迪身上也纏繞著一條條漆黑鐵鍊，那些鐵鍊從萬古大樓四面八方透入，那是王寶年伸來的鎖鏈，協助安迪控制硯先生傘。

「安迪，你還行吧？」王寶年的聲音自鐵鍊上迴盪起來。

「行。」安迪這麼說，卻又突然補了一句：「不過還得靠你老多多關照了。」

「眞難得見到你這麼勉強的模樣。」王寶年呵呵笑著。

底下妖車眾人，全讓硯先生出傘後的巨大魔力震懾得說不出話，他們早已知道黑摩組在忠孝橋上虜獲了硯先生，也知道黑摩組必然想將硯先生作爲祕密武器，但直到此時，才眞正感到這千年狐魔變成敵人時予人的沉重威脅感。

「他們竟然把大狐魔煉成傘了！」夜路從妖車探出頭來往上看，訝然尖叫著。

「這麼短的時間，安迪就能控制那把傘？」盧奕翰不敢置信。

「是王寶年在幫他。」安娜望著那些鐵鍊——

啪啦啦一陣碎響，一片紅光掃向萬古大樓一角，斬斷十餘條冒著黑氣的鐵鍊。

伊恩也注意到王寶年透過鐵鍊幫助安迪持傘，他飛快斬出三刀，一口氣斬落數十條鐵鍊。

硯先生腦袋陡然胡亂轉動起來，伸出尖鼻和狐耳，按著鴉片肩頭的枯手力道加重幾分，甚至整隻手噗地變粗變壯，像是要失控一般。

「喝！」鴉片感到肩頭猛然劇痛，連忙全力掙開，翻身躍遠，以免遭到波及。

伊恩又要出刀，身旁壁面卻突然竄出幾隻大手——是宋醫生的招牌絕活。

伊恩斬斷大手，避開邵君擲來的鋼梁，只見剛剛那些被他斬斷的鐵鍊又重新纏結癒合，臉面露出狐樣的硯先生，又被壓抑回矮小人身——

倏地朝伊恩竄來。

「噫！」硯先生直直伸著枯朽短手，飛箭般射向伊恩。

伊恩急急躍開，遁入樓板裂口，與硯先生在萬古大樓一層層樓中追逐起來。

硯先生雙手一掃，對準逃遠的伊恩，打出上百隻巨大火鷹——那些火鷹雙翅展開有數公尺寬，百來隻火鷹聚在一起飛，幾乎看不出鷹的形狀，而像是一片火海，轟隆隆連同伊恩及遠處壁面一併吞噬，甚至將萬古大樓其中一側炸開一個大洞。

紅光切開了火海。

伊恩挺著七魂破火衝出，他全身上下圍繞著明燈飛符，保護著他避過這陣火海。

「安娜、張意！安迪和大狐魔交給我，你們繼續往下，紳士會在底下接應你們，一定要破壞巨腦！」他在空中踩著符磚、高喊下令，然後直直往安迪衝去，揮刀斬他。

安迪鬆手放開傘，鼓足全力施展血畫咒，十餘隻巨大白猿舉著利爪，一同格擋切月紅斬。

伊恩轉眼便殺到安迪面前，與他展開近身肉搏。

安迪的血畫咒和伊恩變化萬千的符術近距離交撞出一陣陣光爆；安迪閃耀紅紋的胳臂架著伊恩拖曳符術流光的肘；伊恩裹著明燈黃符的拳頭撞在安迪那施展血畫咒的粗壯破山巨臂上。

安迪腳下四周竄出各式各樣的血畫咒獸，數十隻惡爪一齊扒向伊恩全身——全被無蹤、霸軍與老何聯手擋下。

伊恩轉動七魂，巧妙劃斷自背後繞來偷襲的數條血畫咒紅藤，紅藤上捲著鬼噬釘；他甫切斷紅藤，身子立刻往前，一氣呵成地將刀柄重重砸在安迪鼻子上——

安迪在鼻子捱著刀柄的同時，側腹竟噗地鑽出一條怪爪，爪上也抓著一枚鬼噬釘，刺進伊恩側腹。

鬼噬立刻發動，伊恩的側腹登時炸開一個大洞，爬出群鬼。

伊恩一點也不以爲意。

因爲那是果肉身。

他以硬捱安迪鬼噬襲擊的方式，換取斬擊安迪的機會，他拖刀往下，一刀拉過安迪脖子。

切月紅光暴起，如電鋸般將安迪脖頸切開一道巨大裂口。

滾滾鮮血自安迪頸際破口灑下，在空中散成一個圓形符籙血陣，陣中衝出一條紅色凶龍，一口啣著伊恩上半截身子衝上半空。

紅色凶龍張大了口，正想將口裡伊恩半截果身整個吞下，突然被下方閃電般竄來的一個矮小黑影追上——硯先生拖著奔騰黑氣，像是一條餓魚瞧見水面上的餌般，飛梭疾衝向那血畫咒凶龍，將凶龍和伊恩半截身子全扯了個稀爛。

安迪單膝蹲伏在持續下降的升降梯頂部，一手接回硯先生傘，另一手按壓中刀頸部，創處紅光閃耀，攀著幾隻古怪奇蛛，正飛快替安迪黏合傷口——他那改自墨繪術的血畫咒中，自然也有能夠治傷癒體的專屬咒獸。

硯先生狂暴地在上空撕扯巨龍，像是一點也沒發現伊恩斷手早一步脫體墜下，並一把捏爛了三枚小人身果，集結三枚小果子之力，迅速化出第二具人身。

伊恩這第二具人身化得更快，一下子便長出新的上半身。

轟隆幾聲，安迪腳下的巨大升降梯砸落在地板上。

伊恩則落在一面明燈符陣上。

底下十餘層樓裡被張意扯開的地板，此時正飛快癒合。

伊恩、安迪、邵君、鴉片、宋醫生，以及硯天希、夏又離和老金，一同逗留在這層樓上；底下妖車眾人和張意、長門，則持續下墜。

連日來齊力進攻的妖車成員，至此終於被分隔開來。

「去吧，盡量分散他們，各個擊破。」安迪仍蹲在升降梯頂部，緩緩地站起，一面施術治療胸頸處被伊恩斬裂的傷口，一面舉傘，將飛騰在空中狂暴食龍的硯先生拖下來。

鴉片和邵君聽安迪這麼說，立刻踏裂腳下地板，追擊妖車。

明燈符陣上的伊恩也長出了雙腳，緩緩站起，望著安迪。

他的手腕上，僅剩最後一顆大人身果。

05第二月台

棗紅色的木門，透出奇異的氣息。

莫小非笑嘻嘻地自周書念臂彎躍下，拍了拍手，腳下兩道影子倏地爬上木門，啪啦將木門扯裂撕爛。

門內是一間空房，裡頭似乎還有暗道。

有個人影飛快閃入那暗道。

被竄進逮人的莫小非一把揪住拉出——

是個假人。

這假人造工粗陋，眼歪嘴斜，一被莫小非揪著，便迅速化爲枯竹、腐葉和爛土。

然後爆炸。

「爛耶！」莫小非扔下手中假人殘肢，這假人爆出的符火，不但無法傷及她皮肉分毫，甚至連她以影子化出的衣飾都燒不壞。

「你們這些惡人，有膽子過來捱我羌子兩腳！」阿滿師的叫罵聲自暗道深處暴起。

「好啊！」莫小非飛也似地追進那暗道，那猶如礦坑通道般的窄道，陡然亮起耀眼白光，這陣白光令莫小非眼前白茫茫的什麼也看不見，但她偏不後退，而是摀著眼睛，驅使黑夢撲進窄道，凝神等待半晌，卻什麼也沒有發生。

白光淡去，莫小非繼續向前，來到一處岔路口，四周突然又變得漆黑一片，莫小非彈了彈指，讓跟在腳下的黑夢範圍生出燈架、長出燈泡、亮起五色異光。

然後四周又陡然閃耀起刺目白光，和穆婆婆的怒罵聲：「臭丫頭，妳媽媽怎麼把妳養成這樣瘋瘋癲癲的？」

「臭老太婆，我媽怎麼養我關妳什麼事！」莫小非又摀起眼睛，大聲叫罵：「出來啊，你們到底要不要打——」

她這麼怒吼的時候，腳下黑夢四面八方鋪開，遮蔽住耀眼白光。

「我看這樣好了，阿滿師、穆婆婆年紀都大了，老人家等得累了，今天先到此爲止，妳明天再來好不好，先請回吧。」何孟超的聲音也跟著響起。

「請回？回你媽啦——」莫小非惱怒地叫罵，加快腳步衝入其中一條岔道，左繞右拐，又轉回原地，她跺腳再次使用黑夢力量探查周圍，一旦察覺有什麼風吹草動，便急急展開追擊。

她逐漸發現這地窖結界，比她先前預估得還要更加巨大和複雜太多——

這是因為地窖深處許多暗道和密室裡設有針陣，無法以黑夢探知，莫小非和鬼虎等人必須親身探找，破壞針陣之後，才能讓黑夢力量深入該處；而她不時以黑夢感應到的氣息流動，則像是刻意設計的小誘餌，屢次將她誘入地道更深，處處搜索叫罵半晌，卻一無所獲。

這巨大地窖結界裡諸多瑣碎布置和設計，對莫小非、謝老大、鬼虎等人毫無威脅和殺傷力，卻一再令他們窮忙枯耗卻摸不著頭緒。

通道裡一面面黑夢螢幕拼湊著莫小非以黑夢探得的地窖地圖，此時那地圖範圍，比莫小非剛下來時擴大許多，光是平面面積，就幾乎有一個小村落那麼寬闊，且貫通上下，猶如巨大蟻穴。謝老大和鬼虎等人逐漸加大範圍，越找越遠；莫小非也從囂張叫陣到生著悶氣一語不發，再索性拉著周書念窩在角落依偎調情，偶爾才操使黑夢瞧瞧手下們的行動進度。

「唉，我太小看何孟超那死胖子了……」莫小非躺在周書念大腿上，捏玩著周書念手指不停說著話：「現在幾點啦，外面天都亮了吧，說不定又要天黑了……如果宋醫生在就好了，他一定有本事找得到那些老傢伙——早知道應該讓他留在這裡，他不喜歡打架也不喜歡熱鬧，這種無聊的工作應該交給他才對。」

莫小非喃喃抱怨著，這段時間裡她往返地上數次，向宋醫生述說地窖狀況，宋醫生正忙著照料奧勒身體，儘管覺得稀奇，卻也沒時間替她解惑，只是隨口敷衍她幾句，要她盡量沉著氣。

「小非姊，有發現——」

不知又過了多久，幾張飛符飛向打起瞌睡的莫小非身邊，符上傳出鬼虎的聲音。

莫小非哇地蹦起，在那幾張飛符帶路下，與周書念急急趕去找鬼虎會合——他們沿途穿過無數條曲折窄道、經過一間間密室和許多階梯，有時他們得矮著身子往上攀爬甚遠，有時又往下探十數公尺，沿途遍布各種岔道，到處都是毀壞的針陣痕跡——這令她不禁對鬼虎有點佩服，倘若換成是她，可絕無這種耐性。

她來到一處寬闊得能同時容納數百人的大空間裡。

鬼虎領著兩、三名手下，身處那寬闊空間一角。

「這裡……」莫小非左右打量，只見這寬闊空間角落堆積著數十箱雜物和幾面竹製板車——

這些板車大小如同水上竹筏，板車左右六個大輪也是竹製；這些竹子經過特製，彎曲成圓輪狀，輪上雖有帶著凹凸竹節，但轉動得十分流暢，且輪軸具有彈性，能像越野車般彈動，使這竹製大板車即使在崎嶇路上也能順利行進。

莫小非望著空曠大室另一側那陰暗深不見底的長道，又望向角落那些剩餘的竹製板車，隱隱明白了什麼。「他們……全溜了？」

這些竹製板車雖然沒有引擎，但阿滿師地窖裡有千把囚魂傘，千隻傘魔齊力拉車，足夠讓這一面面板車跑得比火車更快了。

「臭丫頭，妳到底來不來呀，俺家羌子都睡著了——」阿滿師的怒罵聲從他們背後發出。

「這些聲音都是事先準備好的……」莫小非恨恨暗罵，終於醒悟何孟超領著千人打造出這整座巨大地窖，並不是爲了在三合院地底與她決一死戰，而是想掩飾這座隱密的地下車站。

「那條道通往哪裡？」莫小非望著那條剛好能夠讓一台台竹製板車穿過的深長甬

道，對著黑夢螢幕比畫半晌，再對照地上郭家三合院方位，終於確定了甬道方向。

「通往北方。」莫小非吸了口氣，拉著周書念躍上一台竹板車，跺了跺腳，腳下掀起幾道黑影，化為幾匹黑色駿馬，拖著那板車往前衝入甬道。

「鬼虎，去找謝老大，帶齊所有人跟我來——」莫小非的怒吼聲從甬道傳出。「那些老傢伙騙我留在這裡浪費時間，他們偷偷溜去攻打黑夢！可惡！」

「快快快快快！」莫小非摘下更多戒指，跺出的黑影化成的馬更凶、更猛，拖著竹板車快如跑車，轟隆隆一口氣追出極遠。

「氣死人了！氣死人了！臭何孟超、臭阿滿師，敢耍我！」莫小非咬牙狂追，不停怒罵。

突然，她瞪大眼睛，尖叫起來：「停——」

數匹駿馬倏地化散成一條條飛繩，往後捲上莫小非和周書念身子，將他們自板車上拉起。

他們腳下竹板車則繼續往前飛衝，轟隆撞上十餘公尺外的壁面。

前方是條死路。

「怎麼回事？」莫小非收了影子，急急奔到那死路盡頭，摸找拍打，確定沒有暗道，眼前確實再無去路，像是施工到一半般。

「莫小非，我小看妳了，妳竟然可以找來這裡。」何孟超的聲音自上方響起。

莫小非急急抬頭，只見頭頂上方貼著一張符。

那符燒起綠火。

「臭丫頭，妳這是自尋死路。」「死雜種屌的黑摩組惡人呀，妳到底要不要跟俺的傘打架？」「小非，妳累不累呀，要不要吃顆果子？」穆婆婆、阿滿師和孫大海幾個老人你一言、我一句地說著不著邊際的廢話。

「小非姊，前面怎麼了？」

鬼虎的聲音從甬道後方遠遠地傳來，像是還不知道前方是死路。

此時黑夢力量還遠遠地沒跟上來，莫小非茫然望著壁面，一時不知所措。「他們沒有離開？這裡也是陷阱？他們還躲在地窖裡？」

符籙綠火燒盡，四周壁面開始扭曲、歪斜。

大量堅石土壤透出結界，四面擠壓進甬道。

這些堅石和土壤其實並未移動，而是一直在原位。是地道結界術力開始退散了。

這死路盡頭，位在嘉義一帶山區地底數十公尺下。

□

直升機螺旋槳的聲音轟隆隆響著。

巨大的風壓颳得孫大海瞇起眼睛，望著西岸高空爆開的警示青火。

「啊！笨丫頭上當了，哈哈哈！」孫大海嚷嚷叫起，他的腳下是寬闊船艦甲板，背後是十數架大型運輸直升機。

這兩棲攻擊艦周圍，還有十餘艘各式船艦。

船艦上人群來來往往，有些人在協會成員引領下，魚貫登上一架架運輸直升機，有些人則三五成群聚在一起。

「老孫，你來不來呀？大家在等你呀！」穆婆婆在運輸直升機門旁，朝著猶自在甲板上蹦蹦跳跳的孫大海大罵。

「好好好！」孫大海連忙奔上那運輸直升機。

直升機裡除了幾名隨行協會成員之外，還有何孟超、魏云、穆婆婆和阿滿師——

何孟超等人在莫小非帶著謝老大、鬼虎幾人發動進攻時，正式下令全員撤入地窖，從地窖淺層一路退進深層，跟著分批遁入第二地下月台——

這第二座地下月台，得從莫小非與鬼虎找著的第一月台甬道約莫一公里處壁面上某處設有結界法術的暗門進入，再經過複雜的重重轉折之後，才能抵達。

那第二月台裡的甬道並非往北，而是朝東通往台東海邊沿岸。

在那兒接應他們的，是靈能者協會的支援船艦——在妖車突擊隊出發後的第二日，何孟超與魏云終於說服協會增派人手支援，且開始認眞研究反擊計畫。

儘管郭家聚集了千人之力，但這近千人中，大部分的協會成員大都是二、三線後勤人員，像盧奕翰那樣身赴前線的一線除魔師則寥寥無幾；而其餘異能者們素質更是參差不齊、好手有限，大夥兒先前聚往清泉崗，本便只是作爲後勤支援，或是爲了賺取協會賞金；他們能夠齊力施術協助蓋結界，但眞要上陣打殺卻十分勉強。

因此何孟超一開始便不打算與莫小非正面作戰，而是與魏云、穆婆婆等人計畫著如何將莫小非困在美濃，己方則安然無損地將郭家千把囚魂傘投入台北黑夢戰局——連日下來，千人與上千傘魔日夜趕工，協力在郭家三合院地底打造出如同迷宮般的巨大地窖、撤退長道和數百張竹板車。

由於人員眾多，大夥兒花了不少時間，才終於分批將所有人和所有傘，從美濃郭家三合院地窖結界裡第二月台，穿過漫長結界甬道，送上協會船艦，準備反攻。

「好擠呀……」孫大海登上直升機，只見機艙裡堆滿一座座裝傘大木箱，便轉頭問阿滿師：「老郭，你把所有傢伙都帶齊啦？」

「是呀，俺等不及要去滅了那幫死雜種屌的惡人啦。」阿滿師大力拍著機艙，催促嚷嚷：「怎還不起飛？快點吶！太陽都快下山啦——」

「別急……」何孟超連忙安撫阿滿師說：「人工魄質箱子要綁牢點，讓傘魔跟神樹、化胎吃飽了才有力氣打架。」

「就那點魄質，夠不夠俺化胎妹子吃呀？」阿滿師望著運輸直升機旁那座箱型車大小的大箱，這麼問。

「一箱不夠，還有很多箱。」何孟超這麼說，與機外協會人員確定一切穩當後，拉上機門，下令起飛。

一架架大型運輸直升機緩緩升空。

每架直升機下都拖著一口魄質大箱。

十餘口魄質大箱，彼此間以極長的符籙繩索連結，繩上攀著一隻隻協會豢養的工作小鬼僕，照料這些魄質大箱。

數條連接著魄質大箱的麻繩，從機外伸入機艙，再分成無數細線，伸入機艙裡一個個大木箱中，以及孫大海腳邊那兩大袋布袋裡。

孫大海蹲在兩袋土堆前，輕輕摸著土上的小樹苗和小竹筍，小樹苗是古井大樹，小竹筍裡則住著阿滿師三合院那化胎守護神。

麻繩細線緩緩地引入協會人工魄質，替連日協助施工築城抵禦莫小非黑夢進犯的郭家傘魔和化胎妹子補充魄質能量。

「要飛多久才到台北呀？」穆婆婆這麼問。

「這直升機能飛很快，但現在底下載著魄質大箱，飛慢點保險。」何孟超這麼說：

「我們從台東沿海起飛，慢慢飛到台北至少要一、兩個小時。」

□

「上面全封起來了，看不見又離他們！」盧奕翰將腦袋探出側窗，往上仰看，只見上方十餘層樓的樓板逐漸封閤，已經見不著伊恩等人。

嗡嗡——嗡嗡——

「又是那個種草的老傢伙！」「煩死人的蟲又要來了！」眾人見底下積水樓層大水瀉光之後，本來泡在水中的梁柱繞著各式各樣的漆黑植物莖枝；有些樹枝上結出黝黑腫亮的怪異黑果，有些莖藤上冒出猶如獸爪般的食蟲植株，又聽見一陣陣飛蟲振翅聲逐漸響亮，知道又是那樹老師在附近驅蟲使樹，連忙凝神戒備。

嗡嗡——噹噹——

嗡嗡——叮咚——

一陣樂聲和著蟲聲響起，逐漸蓋過了蟲聲，越來越響。

「天之籟在底下！」夜路等人聽見這陣樂聲，手忙腳亂地從口袋裡取出符籙耳塞塞進耳裡——那些耳塞捲成圓管狀，讓眾人仍能聽見彼此對話，但能夠抵銷大部分天之籟魔音的傷害。

轟隆隆幾聲巨響，上方封閉天花板炸開一個個破口，又一批巨大升降梯落下，升降梯裡載著王家傘師，升降梯頂站著四指殺手，那些升降梯降得比妖車更快，急急追下。

「他們快追上了！」夜路探頭出窗嚷嚷問著安娜：「妖車上綁著飛羽，下降得不夠快，打爛幾隻飛羽怎麼樣？」

「不行，妖車下降太快，底下張意會來不及開路！」安娜大聲回答，只見垂在妖車下方的張意，正奮力扯開一層層樓板，摩魔火在他耳朵裡塞了蛛絲阻絕魔音，但下方樓層埋伏著許多天之籟樂手，琴音鼓聲銅鑼響聲一齊響起，化成數百柄銳刃，全往張意竄來。

長門疾快彈弦，銀流化出十餘支銀刃，在張意身邊流轉護衛，奮力抵擋敵軍攻勢。

「哇哇哇！」張意左右揮手，使用黑夢力量掀翻下方那些天之籟成員藏身處地板，又拉出一面面招牌，硬扛數百柄音刃攻擊。

四周數百把音刃之中，其中兩柄利刃一黑一白，威力強大，幾刀就能斬裂張意搬來擋刀的招牌或是大小書櫃——那是長門的兩個孿生妹妹，黑霧與白雪；她們站在遠處，持著小提琴在樓層間飛奔嬉笑，兩柄黑白銳刃像是毒蛇般遊繞，伺機突擊張意。

上方，蟲海來襲，領頭的是幾名四指蟲人，他們全身攀滿惡蟲，一個個飛近妖車，其中一個被夜路舉著鬈獅魔吼得飛彈摔遠，另一個被躍出車外的盧奕翰抱著扭打起來——

盧奕翰腰間纏著黃金葛，架著那蟲人，掄著拳頭搥擊他臉上那對巨大複眼；毒蟲洶湧爬上盧奕翰身子，卻咬不透他一副鐵身。

「青蘋，別客氣，甩大力點！把奕翰當成飛天鎚子——」夜路嚷嚷提醒。

「什麼？那太危險了！」青蘋探身出窗，小心翼翼地指揮黃金葛捲著盧奕翰在空中遊鬥蟲人，深怕一個不小心弄傷盧奕翰身子。

「放心，我的身體鐵做的，不怕蟲。」盧奕翰拗斷那蟲人腦袋，將蟲人拋下，在空中揮拳踢腿，他見這神草黃金葛莖藤穩固，信心大增，反而附和夜路說法。「讓我砸爛他們！」

「好。」青蘋見盧奕翰安然無恙，便加大黃金葛揮掃範圍，當眞將盧奕翰當成了巨大鐵鎚，轟隆隆地往幾名蟲人掃去；同時也讓黃金葛的大葉燒起金火，驅趕飛蟲。

「就是這樣！」夜路高聲叫好，突然覺得腰間一緊，低頭一看，是幾束黑髮捲上他的腰，倏地將他也拉出車外，舉向另一邊，連忙朝著安娜大聲抗議起來。「喂，我的身體是肉做的啊！」

「你肉裡有鬆獅魔跟有財啊！」安娜這麼說，將夜路舉向上方來襲的幾條食蟲植物。「快開砲！」

「聽到沒有，開砲——」夜路大叫，指揮著鬆獅魔吼飛一株株巨大捕蠅草和四指殺手；小八和英武則領著鳳凰傘鳥隊替夜路驅趕飛蟲。

嗡嗡——嗡嗡——

上方，更爲巨大的蟲海和更多食蟲植株劈天蓋地竄下。

邵君站在一株巨大捕蠅草上，居高臨下望著底下妖車眾人。

「哇，阿君來啦！把我拉回去，我打不過她！」夜路被安娜舉在空中，見到邵君到來，嚇得不知所措，連連回頭向安娜求饒；有財不停在他身上各處探出頭來，揮動貓爪打出迷魂煙爆驅趕飛蟲。

嗡嗡——嗡嗡——嗡嗡——嗡嗡——嗡嗡——嗡嗡——

又有一陣凶猛蟲聲自妖車下方湧出，這陣蟲聲巨大得甚至壓過了天之籟的樂聲，往上方極速飛衝。

「底下也有蟲啊！」張意指揮著黑夢雜物抵擋天之籟音刀亂斬，見到從下方樓層數處破口同時爆出巨量蟲海，嚇得哇哇大叫，黑夢雜物雖然能夠擋刀，卻難以攔阻漫天飛蟲。

「哦！來得好——」摩魔火望著下方蟲海，不但沒有受到驚嚇，反而興奮至極，頭胸複眼閃動焰光，背上火毛飄揚，大牙磨出嗤嗤聲響。

無以計數的飛蟲往上衝湧，有複眼閃動著詭光的蜻蜓、有渾身落毒的鬼蛾、有拖曳妖風的大蝶、有不停張闔銳利大顎的鍬形蟲、有舉著巨角的獨角仙。

巨大蟲海狂風般往上竄，竄過張意身體、爬上長門全身、鑽過妖車數扇破窗。

不但沒咬眾人一口。

反而替他們咬落身上零星毒蟲。

更多飛蟲飛過妖車，往上飛竄，與上方下殺的飛蟲，融合成更大一團蟲海。

嗡嗡——嗡嗡——嘶嘶——嘶嘶——

兩股蟲海儘管混在了一塊兒，但顯然極不融洽，底下飛蟲與上方飛蟲開始互噬，巨大鍬形蟲夾爛巨大毒蛾、青色的蜂螯透紫色的蟬、紅色蜻蜓咬落古怪巨蚊、憤怒大蟑螂咬著憤怒大蟑螂、褐色大螳螂割斷五彩蝗蟲的腦袋。

「底下的蟲子在打上面的蟲子！牠們是來幫我們的？」夜路和盧奕翰不約而同驚呼起來。

「你們現在才發現？這些蟲是陳碇夫的蟲呀！」摩魔火激昂大叫：「夥伴們，大家辛苦啦——」

摩魔火語音未歇，陳碇夫便如一道黑色閃電，逆向從下往上劈來。他舉著堅韌蟲肢化出的大鐮，一舉衝斷好幾株食蟲植物，往邵君直直竄去。

「真是陳碇夫！」盧奕翰和夜路高呼起來，四處張望。「是紳士他們？他們也攻進大樓了？」

「你們繼續往下。」陳碇夫那奇異的蟲鳴說話聲在空中響起。「紳士在地底等你們，他需要張意的力量。」

他這麼說的同時，身邊蟲風竄捲，火流星似地衝向邵君。

邵君踩在一株巨大捕蠅草上，微微彎腰俯低身子，雙眼閃動著興奮的光，雙手橫伸還咧嘴伸出舌頭，像是迫不及待想要生吞活剝陳碇夫。

兩股巨大魔氣在那捕蠅草上方相撞、炸開；陳碇夫壓著邵君振翅飛遠，一口氣撞透好幾面牆，像是想讓她盡量遠離妖車。

此時張意正瀉光了最後一處積水樓層裡的大水，讓妖車持續下降，距離萬古大樓一樓只剩不到三十層，萬古大樓四周與黑夢巨城所有建築相連，深無止盡；陳碇夫與邵君惡戰的聲音在四周迴盪起來，時遠時近，他們像是完全視黑夢建築如無物，四處飛梭破牆遊鬥。

同時，埋伏在四周的天之籟樂手，也讓陳碇夫帶來的飛蟲擾亂了攻勢，一群群飛蟲鑽入樂器、螫咬樂手，使突擊張意和長門的音刃一下子減少了大半。

「去死、去死、去死、通通去死！」張意吼叫著胡亂揮手，一口氣掀翻好幾層樓板，讓那些樂手墜樓摔下。

「哇！」郭曉春陡然驚叫起來，像是發現上方白鶴出現異狀。

白鶴背上捲著一條巨大的奇異黑蜈蚣。

白鶴低頭叼咬蜈蚣，但那蜈蚣力氣奇大，被白鶴叼起上半身，下半身數十足卻仍緊緊箍抱著白鶴身軀。

那蜈蚣尾端，是一條冒著黑煙的漆黑鎖鏈——這是王寶年的傘魔。

更多鎖鏈穿下，鍊著一隻隻凶猛傘魔。

傘魔全往妖車攻去，與郭曉春的護身傘展開大戰。

「堅城！」郭曉春奮力轉傘，見這批身上鎖著鐵鍊的傘魔凶惡至極，將她幾把備傘裡的花臉將軍全都斬死，便也顧不得許多傘魔不懂飛空，一口氣全喊了出來，踩在青蘋結出的黃金葛與妖車在車身周圍橫生出來的支架平台上，與王寶年傘魔惡戰起來。

負傷的豬仔被持著雙刀的殺人鬼劈得皮開肉綻；憨牛鼻子噴氣來救豬仔，將那殺人鬼撞落黃金葛大葉後，又被另一名黑甲武士揮刀斬斷一支角；阿毛舉著石棒刀接力擋開武士，與那黑甲武士互格亂斬，阿毛不懂刀術，被武士削傷大腿肩膀，只好張開傘來，用堅韌石傘當作大盾；文生挺劍幫忙阿毛，被一隻怪猴子揪著長劍亂咬；悟空掄著鐵棒

打跑那怪猴子──

妖車周圍亂戰成一團，郭曉春在車頂上不停轉圈，她身處在戰圈中心，不時得轉身顧及背後戰局，一時手忙腳亂，突然覺得手一緊，一股巨大拉力從上方逼來，像是想奪她的傘；她急急往上望，只見白鶴後背、雙翅捲上了更多巨大蜈蚣，有些大蜈蚣甚至循著傘術光絲攀上護身傘面，纏上十二手鬼的長胳臂。

安娜甩動長髮替十二手鬼驅趕那些蜈蚣，與幾條大蜈蚣糾纏起來，一不留神，背後也落下一隻蜈蚣，飛竄繞上她腰身，將她高高提上半空，飛梭往上強拉擄走。

「安娜姊──」郭曉春見安娜被王寶年以鎖鏈拉飛，驚恐尖叫，指揮傘魔想救，卻也分了神，被一條盪來的蜈蚣捲上腰際，連人帶傘也給拉起。

「汪！汪汪汪！」阿毛奮力蹦起，大手一撈，揪住拖著郭曉春飛升的鎖鏈，掄著石棒傘死命敲打鎖鏈，卻砸不斷那鎖鏈。

安娜受擄，束著夜路腰際的長髮也因而鬆脫，夜路從空中跌落，被青蘋的黃金葛接個正著，他抬頭只見王寶年那數條鎖鏈捲動極快，一下子已將安娜和郭曉春拉出十餘層樓外，且上方樓層地板正緩緩癒合，很快已見不著她倆身影。

「怎麼辦？」青蘋驚恐喊著：「我們要回頭救她們？」

「你們繼續往下！」一聲老邁呼喚從側面建築深處傳出，此時數層樓間都傳出打殺聲——那是晝之光盲婆婆的聲音。

一個人影從遠處踩著幾張符籙，飛快逼近妖車。是陳順源。他斷了一臂，只剩左手，斷臂處猶自血流不止，被車尾的小蟲一把拉進車廂，飛快召出刺青鬼臂，在他斷臂處刺下一圈止血刺青。

「終於給你表現的機會了，不然人家會以爲你是搭順風車來萬古大樓觀光的……」陳順源從口袋掏出菸，用手指施術捏燃菸頭，抽了幾口，嗆得連連咳嗽。

「觀光？觀你媽的頭，我會刺青、會幹架，但偏偏不會飛也不會放符、放火，這一路上不是飛天就是下水，我怎麼表現？」小蟲與陳順源、陳碇夫、賀大雷是過往打架打出交情的舊識故友，此時見陳順源傷重，驚訝地問：「幹，你右手呢？」

「被老賀斬了。」陳順源抹了抹額上的汗，苦笑著說：「他的手刀比年輕時厲害太多了。」

「賀大雷斬你？」小蟲驚訝怪叫：「他變黑摩組的人了？」

「他腦袋上插著針，大概身不由己……」陳順源還沒說完，便見到遠處斷壁處那隊人影，帶頭那人正是鴉片。

鴉片身後跟著一群打手，高壯的賀大雷站在那隊打手當中格外醒目。

「賀主管！」盧奕翰和夜路被青蘋拉回車頂，見到在遠處露面的賀大雷，也驚叫起來。

鴉片單膝蹲跪在遠處斷垣壁面，緊盯著妖車——他與邵君領著四指殺手一路追擊妖車；此時他捏著拳頭，口中喃喃碎罵，他那掛在胸前用以控制黑夢的戒指被克拉克一槍擊飛，因此無法操縱黑夢襲擊妖車。

邵君和陳碇夫激戰中的身影，不時掠過妖車上方，陳碇夫一面與邵君遊鬥，不時低頭留意妖車周圍戰情，一路掩護妖車持續往下。

張意再度扒開幾層地板，終於見到萬古大樓一樓。

然後他扒開了一樓地板，讓妖車繼續往下，進入了他們先前並未踏入的萬古大樓地下區域。

06理想中的家

「嘿嘿嘿、嘻嘻嘻……」

王寶年的笑聲在萬古大樓頂迴盪起來。

他巨大的半身緩緩自巨傘垂出，嘴角上沾染著濃稠的腥紅血漿，像是一頭狼吞虎嚥用餐完畢的野獸。

他伸出舌頭舔舐嘴際，瞇著眼睛瞅著被鐵鍊吊在眼前的郭曉春。

無數條鎖鏈自王寶年巨傘下伸出，緊緊綑縛著郭曉春、安娜和阿毛，將他們提到王寶年面前，就連郭曉春那些護身傘，也被王寶年一把把分開緊纏，在他那巨大半身旁掛成長長一排。

「哦……嗯……」此時的王寶年像是個經驗老道的古董鑑價師般，揚開十餘條鎖鏈，對每一把護身傘摸摸點點研究起來。「我以爲這些破傘眞藏著什麼祖傳祕密，結果全都不怎麼樣，是貨眞價實的破傘……」

王寶年微微揚指，一條漆黑鎖鏈彷彿成了他手指的延伸，倏地竄至郭曉春面前，托起她的下巴，令她抬頭仰視上方巨傘內側那一把把如同心臟般撲通跳動的王家傘。「妳自己看看，我隨便挑出的一百多把傘，是不是每把都比妳的傘更好？郭意滿又不是煉不出好傘，他那四大鎮宅傘就有模有樣的，怎麼讓自己孫女兒拿這種破傘？」

王寶年這麼說的時候，將豬仔傘和樹人傘提到郭曉春面前——這些護身傘此時被王寶年的鎖鏈緊緊綑繞，傘身不時隆動掙扎。

「他們不是破傘……」郭曉春聽王寶年這麼評論她的護身傘，可不服氣。

「不是破傘？」王寶年提著豬仔傘到鼻子前嗅了嗅，皺著眉頭又將傘提遠，說：「一股豬騷味……臭死了……這還不破？」

王寶年這麼說的時候，突然像是想到了個有趣的主意，突然噗哧一笑，將郭曉春放下地，鬆開她身上的鎖鏈，又將十二手鬼傘交還給她。

郭曉春接過十二手長柄傘，一時還不明白王寶年的意圖，只見仍被王寶年鐵鍊纏繞控制的其餘十二柄護身傘柄，啪啪啪地紛紛張開。

虎仔、熊仔撲出傘後揮爪亂扒、凶猛吼叫；悟空、文生暴躁地掄棒持劍嚷嚷跳腳叫囂；憨牛、笨馬四蹄亂踏地落下；豬仔落下傘後，像顆球般在地上彈動起來，身上傷處血跡還不時沾在地上；樹人滾進底下花圃草堆，竟胡亂鑽吐伸出根來，痴痴呆呆地長成一棵樹；土龍、鳳凰、毒蛇傘裡的泥鰍、飛鳥和毒蛇像是下雨般胡亂撒開，土龍傘泥鰍們唰地在空中糾纏組成巨大土龍，又散落撒下，和滿地毒蛇纏成一團，鳳凰傘裡鳥隊在空中結隊亂竄，群鳥不時相撞。

白鶴長啼一聲，振翅摔出傘來，身上還捲著兩條大蜈蚣，滿身白羽被蜈蚣咬落大半，身上血跡斑斑。

「你想做什麼！」郭曉春見那自幼跟隨她身邊的白鶴被蜈蚣咬得遍體鱗傷，不禁憤怒叫罵：「就算你家傘凶悍，那又怎樣？這些傘都是我的家人！」

「我想讓妳心服口服。」王寶年這麼說，面前唰唰落下十二條鐵鍊。

鎖鏈將十二把王家傘往十二手鬼那十二隻手遞去。

落下十二把王家傘。

十二手鬼一動也沒動，像是不願接傘。

十二條鎖鏈倏地穿透十二手鬼那十二隻灰白長手、捲上他手腕，逼他握住十二把王家傘。

「你……」郭曉春感到十二手鬼接下王家傘後傳自她手上的凶悍戾氣，不禁駭然。

「你想做什麼？」

「我們交換傘玩玩。」王寶年呵呵地笑，抖了抖郭曉春那十二把護身傘，一股股黑氣循著鐵鍊，注入十二把傘中，豬仔熊仔虎仔憨牛笨馬等眾傘魔們，全像是觸了電般胡亂抖動起來，群鳥漸漸在空中結成隊伍，土龍傘泥鰍堆長凝聚成巨土龍模樣，一個個往郭曉春圍去。

「汪汪吼吼吼吼——」阿毛被鐵鍊綑著，握著石棒傘不停掙扎，像是想要阻止王寶年控制護身傘逼近主人。

「孩子，妳試試我家的傘呀，看看是不是比妳這些破傘好。」王寶年見郭曉春雖握著十二手傘，卻毫無動作，便抖了抖鎖鏈，十二手鬼手上同時被十二股黑氣灌入，全身灰白身體登時爬滿黑紋，本來無眼無鼻無口的臉上，竟浮現起黑色的怪眼口鼻——像是惡作劇畫上的塗鴉一般。

「嘿嘿。」王寶年笑著挑挑眉，十二手鬼手上十二把王家傘啪啪地張開。

落下十二隻全身纏繞著黑鍊，散發凶暴黑氣的傘魔。

「我家好傘太多了，沒時間一把把仔細比較，但這些傢伙在我王家傘內，應該都排在——嗯，至少一百名內吧。」王寶年得意地說：「他們有些是古代戰場猛將、有些是殺人無數的盜匪、有些是山中古魔，總之都是獨霸一方的狠角色呀，來，妳試試。」

郭曉春抿著唇，仍沒有動作，任由她那護身傘魔在王寶年控制下逼近身邊。

「妳再不動手操傘，妳這些破家人就要攻擊妳啦。」王寶年這麼說，一股股黑氣灌入十二條鐵鍊，驅使著護身傘魔將郭曉春團團包圍。

鳥隊在空中盤旋，毒蛇在地上亂繞，土龍轟隆隆地鑽進地底遊竄；豬仔抽動鼻子大哭；樹人粗枝顫抖落下一片片樹皮；憨牛笨馬暴躁踏地、鼻孔朝著郭曉春臉上噴氣；熊仔、虎仔在地上亂扒，偶爾用腦袋頂蹭郭曉春幾下；悟空、文生噫噫呀呀地將鐵棒長劍左手拋到右手，右手拋回左手，像個小流氓般對著郭曉春威嚇起來。

郭曉春索性閉起眼睛，等待受死一般。

「汪汪汪汪吼吼吼——」阿毛暴躁地狂嗥起來，像是在怒叱那些傘魔們對郭曉春不敬。

阿毛狂叫一陣，突然恢復成狗身，自鐵鍊中鑽脫出來，咬著他那支石棒傘，噫噫嗷嗷地去救郭曉春，卻被笨馬一腳踹得滾開老遠，怒吼幾聲再次化成壯漢模樣，撿起石棒傘又衝去。

「哦？」王寶年抖了抖鐵鍊，像是操縱木偶般指揮著文生持劍與阿毛鬥起劍來。

「郭家連狗都會操傘，這倒挺有趣，嘻嘻。」

在王寶年控制下，文生動作僵硬地挺劍和阿毛亂鬥起來，出劍遲緩、腳步滯頓，好幾次差點讓阿毛打落長劍；悟空掄著鐵棒加入戰局，以二敵一，打得阿毛慌亂驚叫起來。

「阿毛！」郭曉春這才睜開眼睛，見到阿毛獨力與文生和悟空搏鬥，急得不知所措。

「妳疼愛那小狗呀？」王寶年呵呵笑著，又派出熊仔和虎仔加入戰局。

阿毛被四隻傘魔團團圍攻，難以招架，胳臂被文生挺劍一刺，割開一道血口，石棒傘脫手落地，只好又變回狗身，奔跑亂竄躲避傘魔圍攻。

「去去去，快去追那小狗，別讓他溜了。」王寶年笑得闔不攏嘴，指揮更多傘魔圍捕阿毛，不時朝郭曉春挑挑眉說：「快看呀，小妹妹，妳家小狗要被分屍了，我替妳餵妳家傘魔吃狗肉，好不好？」

十二手傘鬼身上閃耀起白光，郭曉春終於高舉起十二手傘，她旋動紙傘，十二隻王家傘魔閃電般竄向王寶年巨傘——

卻在距離王寶年巨傘數公尺處陡然停下動作。

「我借妳傘玩，是讓妳打自家破傘，不是打我喲。」王寶年哈哈大笑，像是早已料到郭曉春會指揮他王家傘襲擊他。

十二手鬼手上還穿著十二條鐵鍊，王寶年雖然將傘借給郭曉春，但是仍能直接控制自家傘魔。

「汪噢噢噢——」變成狗身逃竄的阿毛，被地上毒蛇捲著後爪，被躍來的悟空一棒敲斷後腿，痛得慘叫起來。

「悟空，住手！」郭曉春只得奮力挺傘轉向，指揮著十二隻王家傘魔竄入護身傘陣中去救阿毛。

「對對對，就是這樣，打打打！」王寶年笑著指揮護身傘魔，圍攻郭曉春和阿毛，他見到郭曉春像是捨不得攻擊護身傘魔，只令王家傘魔用肉身攔阻攻勢，便直接透過黑鏈，代替郭曉春發出攻擊號令。

十二隻王家傘魔和十二護身傘魔殺成一團。

「哇——」郭曉春見到熊仔的大掌飛脫離臂、憨牛肚破腸流、虎仔被劈裂後背、悟空被斬下一手、文生被挑去一眼還割下一耳……終於忍不住號啕大哭起來。

過去她指揮護身傘，會依照護身傘魔特性和專長分配不同任務，讓傘魔彼此掩護，配合得天衣無縫，即便遭遇強大數倍的強敵，也能全身而退。

但王寶年一來不熟悉這些「破傘」，二來他故意要貶抑這些破傘，令護身傘魔們一個個像是暴跳瘋漢般只攻不守，胡亂衝去和王家傘魔拚命，然後被王家傘魔裡的凶悍盜匪、古代勇將、山中大魔殺得慘不忍睹。

「妳承認妳過去拿著的傘，確實都是破傘吧？」王寶年望著站在倒成一片的護身傘魔中大哭的郭曉春，嘻嘻笑著說：「我王家傘是不是好得多了？」

「……」郭曉春悲慟跪地，撫著熊仔虎仔的身子，哭喊罵著：「你煉出那麼厲害的傘，但你一個親人都沒有，這世上沒有一個人喜歡你，又有什麼用？」

「我為什麼要人喜歡我？」王寶年像是聽見了笑話般呵呵笑起，沒玩過癮般，又抖了抖鐵鍊。「妳承認妳那些傘是破傘，但好像還沒眞心承認我的傘是好傘呀……我知道妳對自己那些破傘手下留情，這樣好了，我們換一種方式來玩。」

王寶年這麼說，解開纏著安娜身子的鎖鏈。

「……」安娜落地，按著被鐵鍊鎖得發疼的肋骨，單膝蹲伏在地，默默轉頭四顧，像是在尋找扭轉劣勢的機會。

一隊新的王家傘魔隨即落地，將安娜團團包圍——有兩層樓高的恐怖女鬼、有三顆頭的奇型惡獸、有拿著四柄凶猛大刀的惡漢、有巨大如牛的魔蟲……

「這樣妳願意全力試試我王家好傘了嗎？」王寶年伸舌舔舐著嘴角餘血，像是又餓了般，巨傘底下數條掛在一旁血池裡的鐵鍊，又緩緩蠕動起來。

血池噗嚕嚕地冒起泡泡，慢慢地、慢慢地下降著。

□

「紳士很謹慎，他一直要我們在外圍按兵不動。」

陳順源抹去因斷臂劇痛而滲出的汗滴，抽了幾口菸，喝了點水，在妖車內快速對夜路、盧奕翰等人講述他們離開穆婆婆雜貨店後的情形。

那時他們一路攻入穆婆婆雜貨店外圍那些黑夢樓房中，循著黑摩組氣息進軍，卻始終找不著安迪等人的蹤跡。

那時候他們還不知道，安迪等人故意留下線索、假身和魄質氣息，但其實數人早已轉往苗栗，從漁港入海，指揮著以細絲傳遞黑夢的蚊群，偷上協會外海的船艦，繞過中部封鎖線，成功奪下台中港，進攻清泉崗。

那時倘若沒有張意陰錯陽差地扭轉戰局，令黑摩組三人相殘敗走，那麼此時妖車突擊隊也不可能組成了。

紳士帶領著陳順源等台灣晝之光成員，在遍尋不著安迪等人的情形下，讓陳碇夫放出報訊蜻蜓後，繼續北上進攻黑夢。

黑摩組雖然早已識破紳士埋貘的計畫，且已派出大量人力和蟲獸下地捕殺那些貘——但那些貘甦醒之後，不但凶暴，且繁殖極快，因此雖然在黑摩組連日勦殺下，群貘仍然在黑夢巨城地底築出遼闊巨大如同迷宮般的「擬黑夢」。

紳士等人便循著擬黑夢那錯綜複雜的地道，一步步逼近黑夢核心萬古大樓。

紳士並不急著救淑女。

因爲他埋在身體裡的某項祕密法術，已經收到了「通知」——那是他和淑女約定好的最後通訊方式，一旦受擄，就會在第一時間啓動腦內保護結界，而另一人則會同步收到「通知」。

這個埋藏在紳士和淑女大腦裡的保護結界，會令啓動者的意識，長居進一個特別打造的夢境裡——那是個被美麗花園圍繞的白色洋房的夢境。

這樣的防護結界，自然對肉體沒有任何保護作用，卻可以隔絕敵人加諸在肉體上一切的痛苦折磨。

紳士知道淑女已經讓自己的意識遁入腦袋裡那白色洋房，知道即便黑摩組如何殘虐她的肉體，也無法使她感到痛苦。

「我猜她現在應該在窗邊喝著紅茶，或是在書房中看書，等著我去救她。」紳士這幾日裡，總是這麼說：「所以我應該要更小心，絕對不能失敗。」

擬黑夢的力量雖然遠不及黑夢，但退回黑夢的安迪等人，正全心準備對付張意的來襲，而難以分神捕捉躲藏在地底深處的紳士一行人。

紳士帶領著台灣畫之光成員，在萬古大樓周邊地道裡與深入地底的四指殺手糾纏周旋數日；同時指揮著貘群，大舉擴張萬古大樓周邊的擬黑夢地道規模，像是想要使用擬黑夢反向包圍萬古大樓，在地底打造出幾處反攻堡壘，然後往上逐層佔領整棟萬古大樓——一直到有些貘一步步掘進萬古大樓地底時，紳士這才知道在萬古大樓地底，早已存在著巨大的黑夢空間。

那地底黑夢空間較爲靠近一樓的樓層中，大都是些囚牢或是儲藏室，囚牢裡的俘虜早已隨著萬古大樓的增長而被陸續遷移上樓，但有些儲藏室裡，還囤放著大量過去黑摩組四處劫掠來的珍奇異寶、詭異武器，甚至是儲存大量魄質的容器——華西夜市那些魄質罈子。那些魄質罈子上大都連接著奇異古怪的臍帶，接往更深處的地底——

一處巨大而遼闊的空間。

裡頭擺著一顆碩大驚人的腦。

「我其實沒有親眼看見那顆巨腦，但根據紳士轉述那些貘的發現，巨腦差不多有一個棒球場那麼大。」陳順源這麼說。

「棒球場大的……『腦』？」盧奕翰和青蘋望了一眼，像是一下子無法想像棒球場大小的腦，究竟有多大，他們忍不住問：「你說的『腦』，是人的大腦？」

「是不是人類的腦我不清楚。」陳順源舉起獨手，指指自己腦袋。「但就是動物頭殼裡面裝著的那種腦。」跟著他指指腳下。「就在底下，很快你們就能見到了。」

「紳士感應得出黑夢與那巨腦之間的互動，知道那巨腦必定是整個黑夢的關鍵，他想要攻打那顆腦，但巨腦四周的黑夢力量太強，單獨使用擬黑夢的力量攻不進去，他需要張意幫忙。」陳順源這麼說，跟著補充：「我們早先收到伊恩的回信，知道張意擁有的能力。」

陳順源口中的「回信」，指的便是摩魔火放回的那隻蜻蜓——陳碇夫不只派出一隻蜻蜓，而是派出一整隊蜻蜓沿途聯繫、彼此接應。摩魔火放回的那蜻蜓在其他蜻蜓接應領路下，一路深入擬黑夢地道，最後回到陳碇夫掌上，令紳士得知伊恩等人南下之後遭遇的變化，正忙著集結妖車突擊隊準備北上反攻黑夢。

但由於紳士無法預測伊恩等人進攻路線和抵達萬古大樓的確切時間，再加上四指殺手時時刻刻追擊糾纏，因此騰不出人手在萬古大樓外圍接應伊恩，以致於錯過與妖車眾人會合的機會。

「我們知道機會或許只有一次，不敢貿然突擊巨腦，一直躲在地底，也不知道你們已經攻上樓了……」陳順源說：「直到不久之前，紳士從巨腦和整棟萬古大樓力量上的流動變化，猜測應該是伊恩殺到了，所以派出貘，讓擬黑夢的力量滲透進入萬古大樓，試著與你們聯繫。」

「滲透進萬古大樓裡的擬黑夢……」夜路哦了一聲。「就是張意發現的那些電話。」

「是。」陳順源點點頭，站起身來。

就在他們短暫對話中，妖車又已下降了十數層樓。

此時地下樓層中，穿插著一條條曲折古怪的樓梯，某些梁柱和牆面上也嵌著怪異的「門」，這些樓梯和門，就是紳士指揮著貘，使用擬黑夢的力量，強行嵌入黑夢裡，讓畫之光成員從擬黑夢地道攻進萬古大樓，上樓接應妖車眾人。

此時菜刀伯、吳楓、老陸、盲婆婆等台灣畫之光成員，正在陳碇夫飛蟲掩護下，與追擊妖車的四指殺手、天之籟成員們，在黑夢與擬黑夢混雜融合的空間中追逐游擊著。

「師弟。」摩魔火攀在張意腦袋上，見到張意扒開地板的速度變慢了；包括摩魔火在內的妖車眾人，此時身上與張意仍然有著蛛絲相連，摩魔火察覺得出張意體內魄質變化，便問：「你累了？」

「我……我不知道……」張意此時仍被垂吊在妖車底部數公尺處，抹著汗，說不上來究竟累或不累，但他確實隱隱感到自己在一連掀開數百層樓板，開路讓妖車從樓頂垂降至地底之後，操縱黑夢時已有些拖泥帶水的窒礙感，那並不是肉體上的疲累，而是精神、氣息上的耗弱——張意並不懂得日落世界裡千奇百怪的法術，對於體內魄質的流逝和增長的感應相當地遲鈍。

「師弟，老大現在只剩一隻手，他正用殘餘的力量，替我們抵擋安迪跟那大狐魔；安娜小姐和郭家妹子，被王寶年擄走了；你看看四周，我們的夥伴們一個個斷手缺眼，踩在血裡掩護我們；現在已經到了最重要的關頭，而你，則是我們最關鍵的一把鑰匙——」摩魔火攀到張意耳邊，輕聲對他耳語。「如果你現在沒力氣了，所有人一切的努力和犧牲，就全都白費了。而我摩魔火，絕對不會讓這種情形發生，我還有很多辦法幫你把力氣找回來，你想不想知道是哪些方法？」

「師兄，我知道……你會咬爛我的臉、在我頭上注射毒液、讓我痛到拉屎拉尿……」張意無奈地說：「可我沒有偷懶呀……」

「你知道就好。」摩魔火用毛足拍了拍張意腦袋，察覺到張意體內魄質突然緩緩增長起來，連忙對一旁的長門說：「長門小姐，別這樣！」

長門也懂得引流法術，她與摩魔火同樣察覺出張意體內魄質逐漸耗弱，便將自己體內魄質引入張意身體裡。

「長門小姐說，現在張意先生的力量比什麼都來得重要。」神官開口。「長門小姐自己會拿捏。」

「嘖，但是……」摩魔火還想說些什麼，突然見到下方數層樓底，有片樓板被張意掀開之後，透出的那陣紅光。

和那陣充滿原始野性氣味的風。

妖車緩緩下降，穿過數層樓，進入那紅光空間，這空間挑高十餘公尺，有數層樓高，四周彷彿原始叢林，蜿蜒古怪的樹身盤踞成巨岩狀，樹身上繞著一條條藤蔓、枝葉和詭異的果實。

「我外公的神草種子就種在這裡！」青蘋在妖車駕駛座上嚷嚷呼喊起來，她明顯感應出自四周流溢著的神草氣息，她從駕駛座探頭出來，前後張望，只見這地底叢林裡長著巨樹和古怪植物，不知範圍究竟有多大，而在更深處，還透出與先前那千人凶魂相似的濃厚氣息。

「咦？」張意皺著眉頭，只覺得他在挖掘這叢林樓層樓板時的「觸感」，與先前數百層樓有十分顯著的差異。

倘若先前幾百層樓的樓板是他徒手撕開的，那麼這叢林樓層的樓板，則像是他戴著五、六層厚重手套撕開的——他完全沒有抓捏實物的感覺，甚至不覺得自己有抓到什麼東西。

但樓板還是破開了一個大洞。

破爛木板和沙泥土石嘩啦啦地撒落下方樓層。

張意只覺得或許自己眞的累了，他不等摩魔火再次威嚇，一鼓作氣又扒開下方數層樓板，那黑夢觸感又回來了。

他與長門的身子正緩緩穿過叢林樓層地板破口，垂入下方樓層，妖車則懸在張意腦袋上方，也跟著下降。

嚓——

嚓嚓嚓——

一陣木板穿刺摩擦聲在妖車周圍陡然響起。

木造地板大洞飛快閉闔，板面、板背同時竄出無數古怪尖枝，分別襲向猶在地洞上方的妖車，和已垂進下方樓層的張意和長門。

「哇呀！地板會刺人！」妖車怪叫起來，他的車身、金屬支架，被飛快閉闔的木地板和怪異樹枝纏住、卡住，有些銳硬木柱甚至刺穿車身，或是從車窗撞進車廂。

車廂裡頭騷動成一團，有財在千鈞一髮之際，拍低了夜路腦袋，讓夜路避開一柱撞入車窗的木柱；盧奕翰在被身後穿入的銳枝刺進後背的瞬間，化出鐵身抵擋，這才沒讓銳枝穿透他身體；小蟲啊呀一聲被竄入車尾的樹枝捲住手腳，要將他往車外拉，趕緊甩出鬼臂拉住車廂，讓身子硬掛在車外，車外地板上冒出好幾株大捕蠅草張開獸口般的大葉，像是等著吞食小蟲；陳順源單手反握短刀，倏倏揮劃幾刀，切斷那些捲著小蟲手腳的怪枝，又將小蟲拉回車裡，苦笑說：「真是半刻都不能大意……」

駕駛座裡，青蘋尖叫地捏著黃金葛莖藤，奮力抵擋著從四面八方扎進前座的怪異樹枝。

更多樹枝捲上妖車車身，那些樹枝像是貪婪的蚯蚓、像是古怪的觸手，蠕動著往妖車車身裡每道縫隙鑽，然後施力破壞，想將妖車強行扯裂。

「哇！」妖車半身探在引擎蓋外，被竄上車身的樹枝捲著雙臂，車身尾端還被拔去了兩條金屬後腿、拆落好幾顆車燈、扯斷一根根金屬支架，驚恐又無助地哭嚎起來。

「樹枝！好多樹枝！」小八在駕駛座裡被嚇得六神無主，英武則飛出窗，替引擎蓋上的妖車驅趕樹枝，扯著喉嚨替他加油打氣。「妖車，別怕，你是金屬，爲什麼要怕木頭！跟這些樹枝拚了——」

「金屬？木頭？我是金屬，不怕木頭？」妖車聽英武這麼說，便試著讓被樹枝捲住的雙臂出力，和樹枝對抗起來。

啪啦一聲，妖車被拔去了左臂，古怪的黑汁怪油從他斷臂噴出。

「哇——」妖車嚎哭，縮回引擎蓋裡，再也不敢探頭出來。

「這是什麼？這是黑夢？」「張意跟長門呢？他們在底下？地板闔起來了？」盧奕翰攀出窗，踩著妖車側面金屬支架往駕駛座方向移動，要救青蘋；夜路舉著鬃獅魔不停向外開砲，轟開四面插來的樹枝，他見樹枝越纏越多，便大力拍著車廂，大喊：「妖車，快動呀，不能停在這裡，不然我們全會被這些樹枝吞沒！」

「嗚！」妖車躲在車中，聽到夜路命令，連忙讓車身長出更多金屬肢體，像隻落入蛛網卻死命想掙脫的飛蟲般掙扎起來，想要擺脫四周地板扎出的樹枝。

青蘋擠在駕駛座裡，指揮著黃金葛將駕駛座封得密不透風後，開始指揮黃金葛向外生長；她閉著眼睛，彷彿將黃金葛當成自己的延伸肢體，觸摸感應著四周動靜，她讓黃金葛竄往妖車車身周圍竄長，令大葉燒出金火，焚燒那些樹枝。

車身周圍那密密麻麻的樹枝，被黃金葛燒斷大片，妖車哭叫，忍痛使出吃奶的力氣，終於往前踏出好幾步，掙脫了地板樹枝糾纏，哭哭啼啼地跑入叢林樓層的更深處。

□

「啊！」張意驚叫。

在叢林樓層地板快速閉闔的同時，他與長門已經垂落下方樓層。

上方樓板長出的樹枝朝他捲來，在下方樓層四周遊走的天之籟樂手也同時奏起音刃往他鞭來。

長門撥起十數條銀流飛旋格開、切斷下方音刃和上方怪枝。

由於她繫在妖車底部、垂吊著她與張意的兩條銀流被閉闔樓板夾碎，因此她與張意飛快往下墜落。

她翻了個身，撥出銀流將她和張意背貼著背纏在一起，讓張意面朝上方，自個兒面向下方，飛快彈弦，與四處游擊的天之籟樂手大戰。

「師弟，上面怎麼封死了？」摩魘火急忙催促：「快打開地板讓妖車跟來啊！」

「不……不行呀！」張意躺在長門後背上，使勁揮手，虛空往上方扒，但見那叢林樓層的樓板紋風不動，一點也不受他影響。

「爲什麼？」他正驚慌間，只感到身子一旋，又被長門翻轉，變成長門向上、他面向下方——底下尚未被他扒開的地板陡然貼近——他們正在墜樓。

「哇！」他怪叫一聲，撞入地板，像是撞進布丁、果凍般，將地板扯裂開來，繼續往下墜，他揮手踢腳，又一連扯開了好幾層樓板，驅使黑夢鋼梁石塊撞飛那些天之籟樂手們，或是讓樂手自相殘殺。

「爲什麼？」張意試著轉頭，他無法理解爲何獨獨只有那叢林樓層的樓板不受他控制。

「長門小姐說那層樓不屬於黑夢建築！」神官疾飛在長門與張意身邊，飛快地翻譯長門弦音。

「我知道了！」摩魔火立時會意。「那層樓地板是那些植物僞裝的，不是黑夢力量長成的建築，所以不受師弟控制……」

「原來是這樣——哇！」張意聽摩魔火這麼說，醒悟之餘，突然被底下那陣怪風吹得頭皮發麻。

怪風來自下方樓板的破口。

那破口隨著張意的扒抓，從一道縫變成了豎眼狀的大開口。

開口之中，除了吹拂出異風之外，還透出奇異螢光。

張意尚未看清楚那開口裡的螢光底下究竟藏著什麼東西，便又感到身子一轉，再次變成了面向上。

長門面向下。

她手指疾快，全身耀起銀光，像是使上了所有的力氣撥彈琴弦。

一波波激昂弦音化成的銀流，從三味線音箱震盪開來，在她身邊飛旋凝聚成幾柄碩大銀刃。

幾柄巨大銀刃隨著長門奏起的樂聲更加激烈而增長擴大，直到融合在一塊兒，變成了一柱巨大尖錐，將她和張意裹在銀錐中央。

銀錐像是一枚飛彈，穿過異風、穿過螢光，撞入那豎眼狀大洞，撞入這散發異風和螢光的樓層——

是一處挑高數十公尺、寬闊無比的巨大空間。

巨大空間裡只放著一個龐然巨物，那是個幾乎佔了這空間三分之二的軟黏大物。

巨腦。

轟——

長門以銀流化成的尖錐，在衝至距離巨腦十數公尺處時，撞上一面透明壁，壁上閃耀起符籙光流，那是一道堅韌無比的結界保護法壁。

長門托著張意，躍出銀流尖錐，飛快撥音轉調，令腳下那銀流尖錐分散成數柄大斧，轟隆隆地劈砸那保護壁。

「師弟！」摩魔火怪叫，他見到高處樓板伸出一隻巨手，朝他們竄來。

張意當然也見著了，他胡亂揮手，令那樓板生出兩隻更為壯碩的黑夢巨手，一左一右抓住朝他們襲來的大手，且將那大手啪啦扯斷——碎裂散下的雜物、水泥塊和金屬板，則被張意指揮的黑夢巨手吸納，使那兩手變得更加碩大。

「張意先生，靠你了——」神官這麼說。

長門再次轉音，撥彈銀流捲著她與張意在空中翻盪幾次，落在受張意控制的黑夢大手上。她拉了拉張意胳臂，指著底下那巨腦。

張意這才終於看清楚那巨腦的模樣——說是看清，其實只是看見一整片閃耀著螢光的粉色肉壁——因為他們距離底下巨腦只不過十餘公尺，在如此近的距離望向這將近棒球場大的巨腦，連整體形狀都沒辦法盡收眼底。

「這就是那些魔頭偷偷建造的東西？」張意呆了呆。「他們想用這團東西，取代壞腦袋，控制整個黑夢。」

「對——」艾莫的聲音，自這寬闊空間四周響起。

「又是你！」張意緊張四顧。「你把壞大哥怎麼了？」

「他快醒了。」艾莫的聲音，自張意腳下的黑夢大手上發出。

張意驚恐低頭，只見那黑夢雜物大手上，嵌著一具老式映像管電視，螢幕閃爍著艾莫的臉。

「他這幾百年來的任務，終於快接近完成了。」艾莫這麼說的時候，畫面微微拉遠，艾莫身邊那大嬰兒床上的壞腦袋，仍閉著眼睛，一動也不動。

「師弟，叫你攻擊巨腦，你跟他廢話個屁！」「張意先生，快！」摩魔火和神官急急催促。

「喔！」張意連忙舉起手來，朝著底下那巨腦一指。「揍爛它——」

兩隻黑夢大手，一隻手掌托著張意和長門，另一隻則捏起拳頭，轟地往那巨腦打去——

轟隆撞上保護巨腦的法壁。

保護法壁崩出幾道巨大如同雷紋般的裂痕。

大手收回，且聳立得更高，像是準備擊出第二拳，但突然啪啦崩裂，斷成數截，碎

散開來的黑夢雜物、水泥塊、金屬條亂七八糟地糾纏繞捲著，像是想要聚合成其他東西。

「哇！不行！」張意哇哇大叫，雙手揮來捏去，像是在和一個看不見的傢伙搶奪一個玩具一般。「不准跟我搶——」

他似乎搶贏了，大手再次捏拳，轟隆往保護壁上擊出第二拳。將整面保護壁轟成無數光點，像是粉碎的玻璃牆般碎散傾垮。

張意令大手再次拉回，還沒擊出第三拳，身子突然飛騰上了半空。是長門使用銀流將他從大手上捲起，躲開那大手上冒出的幾支尖銳金屬物——張意能夠控制黑夢，艾莫也能；張意解開十道鎖，艾莫也解開了九道半。

儘管艾莫疲累至極，但仍全力阻止張意攻擊巨腦。

長門幾道銀流化爲閃電狀，磅磅磅地插在地板，捲著長門和張意落地，他們直到這時，才終於踩上這寬闊空間的地面。

巨腦此時距離他們約莫二十公尺遠，與從上往下俯視時相同，由於整顆巨腦太大了，他們並無法看到整座巨腦的形狀，僅能見到眼前一片遼闊而約略帶著弧形的粉色濕黏軟壁。

濕黏軟壁微微起伏著，像是有生命一般。

長門飛快撥弦，打出幾道銀刃，仍然打不到巨腦——巨腦外側的結界保護壁不只一道。

「我……我才是大老二！」張意掄了掄拳頭，從四周地面喚起一柱又一柱的黑夢雜物，在身前身後，凝聚成數隻大手，全捏成拳頭，轟隆隆往巨腦擊去。

磅、磅磅磅磅——

黑夢巨拳一拳拳擊在第二道保護壁上，每一拳都打出巨大裂紋，轟毀第二道保護壁。

數隻黑夢拳頭再次受到艾莫的控制，又轟隆碎落下來，堆聚成一個又一個巨大士兵，持著電線桿、破裂而銳利的大招牌，掉頭往張意衝來；然後被張意吼碎，變成一頭頭古怪野獸；再轉頭往巨腦衝，再碎開變成士兵掉頭反攻張意，再碎開——張意和艾莫爭搶著這些黑夢雜物的控制權。

「我不怕你們，我才是黑桃二，我才是大老二！」

張意大叫，一步步往前，他召出的黑夢巨獸，比艾莫召出的黑夢士兵更大、更強；他的雙手胡亂揮動得像是在水裡游自由式一樣，從地板上掀起一波一波的黑夢巨浪，往巨腦撞去。

那些自上方追殺下來的天之籟樂手和四指殺手，被張意四周洶湧翻騰的黑夢雜物掀翻撞遠，有些躲過黑夢衝撞逼近他們的，若沒有被長門弦音擊殺，便立時受到張意控制，也轉向往巨腦衝殺而去。

「對！就是這樣，師弟！」摩魔火攀在張意腦袋上，興奮怪叫：「這是你二十幾年窩囊人生中最得意的時刻了對吧，往前！往前衝！」

磅、磅磅磅！幾隻黑夢大拳頭，接二連三將第三道保護壁擊出破口，四隻大手左右揪著法壁，像是手術撐開器般，將那法壁破口撕扯拉開一片足以容納數人通過的破口。

長門兩股銀刃立時劈去。

磅地打在第四道防護法壁上。

「喝，這大腦外到底擋了幾道結界啊？師弟！繼續！別讓他們有喘息的機會，一口氣毀了這顆大腦袋！」摩魔火咆哮起來，揪著張意的腦袋，差點要將他的頭髮燒焦。

「師兄，我沒偷懶，不要燒我！」張意痛得大叫，一鼓作氣掀開更爲巨大的黑夢大浪，轟隆隆地衝破第四道法壁破口，接著撞上第五道保護法壁。

那黑夢大浪雜物紛紛豎起，聚合成一隻隻大手，或捶或抓地破壞起第五道法壁。

「孩子，你爲什麼這麼執著？」

艾莫的聲音陡然響起。

一片光潔地板從巨腦保護壁後方鋪開，漫過保護壁，在張意身邊築起高牆，隔出幾間房。

「啊！」張意猛然一呆，就連長門也愣了愣。

兩人不約而同地互望了一眼。

他們發現在他們四周築起的美麗建築，格局與他們在紙上隨手畫出的新居十分相近。

這並不是美輪美奐的皇宮，只是一般白領階級存了幾年錢後貸款購入的新居——有個不大不小、擺著新沙發和液晶電視的客廳，有間擺著雙人床和大衣櫥的主臥房，還有一兩間不算太大但能作爲書房或是更衣房，再讓出生的孩子從爬著牙牙學語到步入青春期的個人房間；有五臟俱全的廚房、有乾淨的廁所、能夠種花曬衣的前後陽台……

張意胸無大志，願望也一向不大，他破破爛爛的人生從被邵君逼進那漆黑小巷子裡、遇見伊恩之後，出現了巨大的變化，令他多了個天下無敵的帥氣老大、多了個凶悍古怪的蜘蛛師兄，還多了個彷如從電視機偶像團體走出來的美麗未婚妻子。他覺得自己如果眞能和長門成爲夫妻，住進這樣一間房子，人生已經再無缺憾了——自然，這渺小的願望，可得度過這一切之後，才有實現的機會。

「哇，你這怪人幹嘛偷看我跟長門寫東西……噁心！變態！」張意惱火地扯爛四周房間，他見到客廳被黑夢拳頭揍裂的大液晶電視，不禁隱隱覺得有些可惜，但那心情隨即消失——他以後要買一面更大的電視。

「對！師弟，別讓那傢伙騙了！」摩魘火吼叫。「拆了這假屋子、毀了巨腦！」

「壞蛋、混蛋！」張意掄著拳頭，吆喝指揮著黑夢大手，揍毀艾莫驅來的一隻隻黑夢士兵。

然後轟隆一聲，令大拳轟上一面白牆，將白牆擊出一塊大範圍凹陷，和密密麻麻的裂痕。

他和摩魔火透過那些較大的裂痕，能清楚見到裂痕裡頭那緩緩蠕動的巨腦。

但白牆與巨腦之間，似乎還擋著最後一道結界保護壁。

四周建築開始飛快復原成雅緻的新居模樣，多了些裝飾布置，數面白牆上甚至掛出幾幅畫。

「師弟，你怎麼了？」摩魔火急躁跳腳。「你沒力氣了？就差一步！快呀——」

「我……」張意滿頭大汗，連連喘氣，即便他再遲鈍，也已經清楚知道自己體內魄質，隨著接連驅動黑夢力量而嚴重流逝。

他揮了好幾次手，從四周地板上托起一隻大拳頭，還將那沙發納入拳頭裡，轟隆再次擊上眼前白牆。

白牆再次陷出巨大凹坑，甚至擠裂了巨腦與白牆之間的結界保護壁，因而擠壓到巨腦，令巨腦滲出了濃稠汁液。

轟、轟轟——

張意喘著氣揮掄拳頭，指揮大拳轟牆，將整面白牆轟出更大的凹坑和裂痕，擠壓傷及的巨腦面積也變得更廣——但這數平方公尺大小的凹陷損傷，對於一顆棒球場大小的巨腦而言，猶如冰山一角，極端微不足道。

要摧毀黑夢，他必須將整顆巨腦碾得稀爛。

「師弟，須不須要我幫你加持一下？」摩魔火暴跳如雷。

「不、不須要！」張意怪叫，同時感到一股魄質注入他體內——是長門再次施展引流法術，將己身魄質透過雪姑蛛絲傳入他體內。

此時由於上層樓板早已封閤，與張意以蛛絲相連的便只剩下摩魔火、神官和長門而已。

「師兄，不用你幫忙，你的魄質好燙……」張意感到另一股力量湧入身體，又刺又燙，知道是憤怒的摩魔火將滾燙魄質灌入他身體，連忙打起十二分精神、鼓動全力，挺起兩隻大拳，轟隆隆地往前方壁面連打捶砸起來。

那白牆在被張意全力破壞的同時，也以極快的速度癒合出新壁面、掛上新畫作。

滴滴答答滴滴——

白牆以及兩側牆面在飛快癒合與毀壞的同時，開始出現一個個時鐘，有指針式的鐘，也有電子式的鐘。

每一個時鐘的時針和分針位置都不一致，但秒針位置卻一模一樣——

剛剛走過數字二。

電子鐘則不是顯示著時間，而是顯示著一個數字：五十二——

五十一、五十、四十九……數字逐漸遞減。

像是在倒數。

與那些指針式時鐘的秒針，繞完一圈的所需秒數一模一樣。

牆下櫃子裡還浮起一座座沙漏，沙漏上端幾乎漏空，剩沙殘量也差不多就是數十來秒。

「孩子，你知道爲什麼你打不破牆壁嗎？」艾莫的聲音再次響起，他的臉浮現在另一處液晶電視上——張意不想聽他囉嗦，指揮著黑夢拳頭擊爆那電視，但阻不了他的聲音。「你靠著我造給莫小非的戒指，使用壞腦袋的力量，甚至比我們用得更好，但現在——壞腦袋已經油盡燈枯了，他的腦袋再也榨不出力量了。」

四周落下更多液晶電視，電視上除了艾莫臉孔之外，也顯示著倒數數字——

二十一、二十、十九、十八……

「這個數字，是巨腦完全接管黑夢的倒數時間。」艾莫的聲音持續地說：「我們已經成功將壞腦袋的力量，完美地複製進整顆巨腦裡，更重要的是——複製進巨腦裡的，除了壞腦袋的造夢能力之外，還融入了你的能力。」

「我的能力？」張意困惑又驚恐地繼續掄拳破壞牆壁、破壞電視。

十一、十、九……

「師弟，別聽他鬼扯，你看看他那樣子，他已經累得快死啦！」摩魔火大叫。

電視螢幕上，艾莫的身子幾乎呈癱瘓狀地倚靠在巨腦壁旁，而一旁的壞腦袋整顆腦袋像是縮水一圈，滿臉枯老皺皮，彷彿一顆曬乾的紅棗，當真如艾莫所言，油盡燈枯了。

不知是死是活的壞腦袋，被橫著塞在一輛大號嬰兒推車裡，由一群嘰嘰喳喳的小壞腦袋看顧著。

「我能力不足，自始至終也沒辦法完全解開壞腦袋第十道鎖……」艾莫臉上仍然沒有一絲表情。「但我想出了個辦法，造出這些小壞腦袋讓你使用，你使用小壞腦袋的時候，你身體裡一切變化，都透過小壞腦袋的腦袋傳進壞腦袋的腦袋，然後再被一同複製進巨腦裡；接下來，這顆巨腦會將力量傳給安迪與其他四人，他們將不再受你控制。」

零。

當時鐘指針指到十二的時候、當電子鐘的倒數數字歸零的時候，白牆的癒合速度，便遠遠超越了張意驅使黑夢攻擊的速度。

張意接連轟出數拳，都只在牆壁上打出微微裂痕。

「孩子。」艾莫的聲音極其虛弱。「你放棄吧……」

古怪的時鐘、電子鐘、沙漏紛紛化散，那些被破壞的電視、家具一一歸位。

張意和長門驚恐四顧，他們此時身處之處，完完全全就是一處別緻新居。

叮咚、叮咚——

門鈴響起。

叮咚、叮咚——

門鈴再次響起，跟著是咚咚幾聲敲門聲，和一個令張意毛骨悚然的說話聲音。

「老朋友來了，怎麼不來開門？」

是邵君的聲音。

07樹老師的肚子裡

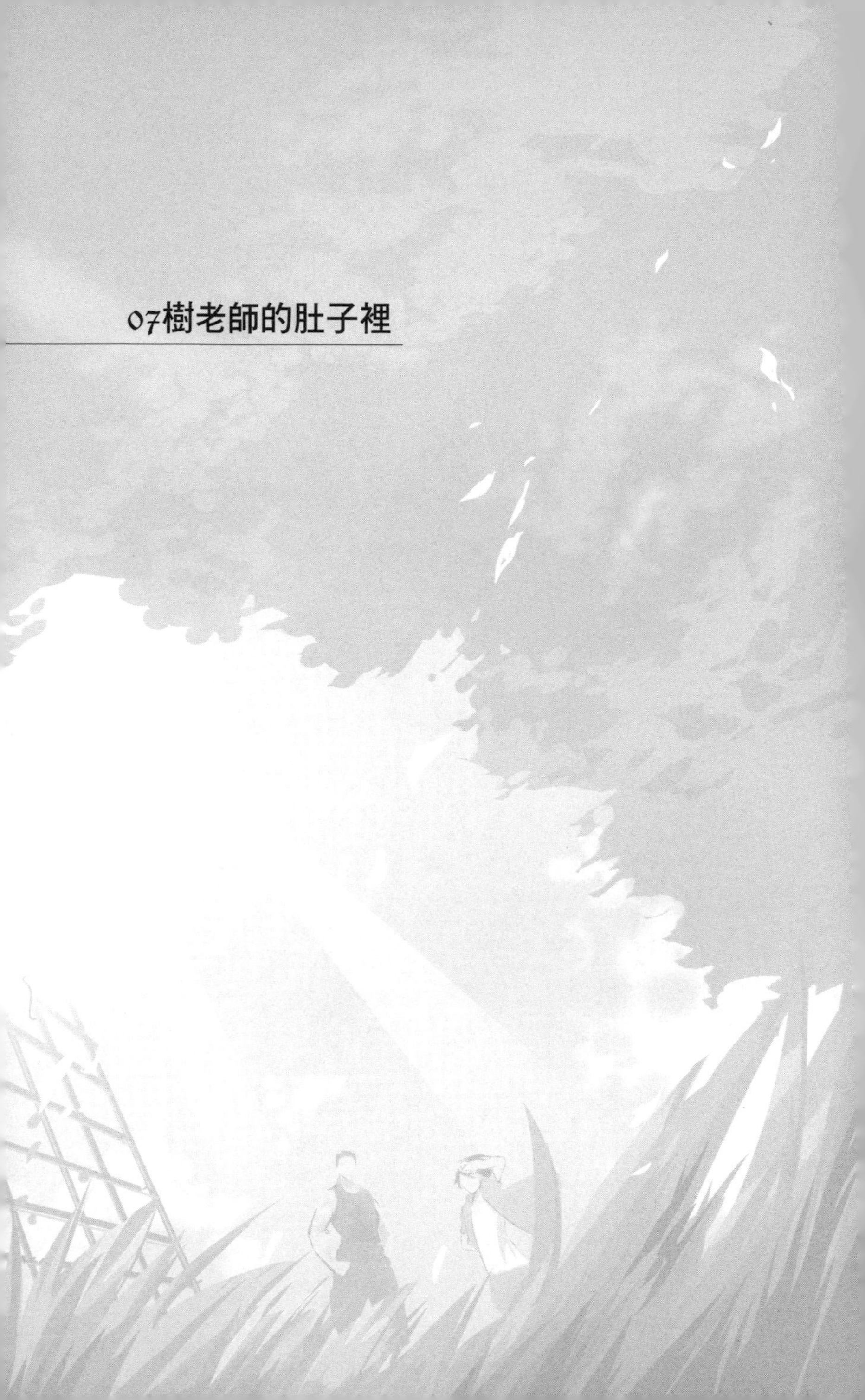

「伊恩。」安迪滿額大汗，頭臉、胳臂上青筋浮突，但是當他見到遠處壁面上一只歪斜時鐘彈出一隻玩具小鴨，嘎嘎嘎嘎地叫嚷起來時，嘴角忍不住緩緩上揚，露出了燦爛的笑容。

「這一次，又是我贏了。」他這麼說的同時，飛快踩過幾座半毀升降梯，操使著硯先生，追擊伊恩。

「哦？」伊恩橫地踩在萬古大樓內側壁面跑，一刀斬破地板，墜下數樓，躍至一座升降梯頂部，斬落攀在升降梯頂幾隻傘魔，再反手對著升降梯裡拍了拍，然後高高躍起。

那看似隨意的「拍一拍」，包藏著十數道不同的法術，有風、有火、有電、有毒、有鬼。

擠在升降梯裡的王家傘師們驚恐地怪叫。

然後很快地都叫不出聲了。

自升降梯柵欄向外放射開來的光風毒火電，彷彿成爲躍遠伊恩的背景特效般，升降梯轟隆隆地歪斜傾遠。

硯先生托著上百隻巨大火鷹，轟隆往伊恩迎面擲去。

這波巨大火鷹群的展翅範圍，令伊恩完全沒有閃避的可能。

他只能放棄閃避，挺著七魂向前一刺。

切月紅光像是雷射光束般戳爆幾隻堆疊在一起迎面撲來的火鷹，在那巨大火鷹巨浪上，突圍刺出一個容伊恩穿過的安全破口。

伊恩撲過那破口。

然後被硯先生攔個正著，一把揪住伊恩左臂，猛力一扯。

伊恩左半邊身子連同胳臂，被硯先生扯落一大塊——但他左手炸出的符光，彷彿墨魚的墨汁般遮蔽了硯先生眼前大半視野，讓伊恩得以躲過緊接而來的幾記致命攻擊，再次逃開老遠。

伊恩右手持著七魂，踩過幾張明燈黃符，再次斬破地板，墜入樓下，繞著壁面斜斜跑下好幾層樓，切開兩座升降梯、斬死幾隻王寶年派進樓內的傘魔、斬落一批攔路四指殺手的腦袋。

明燈飛快撒出符咒，貼上伊恩被硯先生扯爛的左半邊身體裂口，像是想要阻止果肉碎落、想要盡量延長那三顆小人身果的效力。

伊恩看了看右手腕上最後一顆人身果，再望望左側身體裂口上果肉微微蠕動蒸騰冒出的光煙，像是在盤算使用最後一顆人身果的時機——

青蘋交給他兩大三小的果子，他已用去一大三小，最後那枚人身果長得比先前的人身果都要碩大完好。

他使用人身持刀作戰的時間，彷如殘燭般短暫，一下子便接近盡頭。

「我不認爲你贏了。」伊恩見到安迪再次追下，便揮刀遠遠地斬他。「我還站著，我帶來的那些小朋友們都還站著。」

「我知道你會這麼說。」安迪哼哼笑著，吸了口氣，單手轉動墨青色傘，另一手往上打出一陣腥紅蝙蝠。

這陣腥紅蝙蝠與自上方拋落的大火鷹撞炸成一團。

「安迪，你害我千雪媽媽，你這狗雜碎！」硯天希拉著夏又離穿過那團火，又往下方的安迪拋下十來隻鎮魄大犬。

一隻大手揮來，接住往安迪頭頂落去的那些鎮魄犬，然後噗哧幾聲捏合握爛，是宋醫生高高地站在上方游擊掠陣，掩護全力控制硯先生的安迪。

「我不但害了妳的千雪媽媽，還將妳爸爸煉成傘了。」安迪哼哼一笑，轉傘指揮硯先生施展墨繪術，一手往上、一手往下，打出兩批巨大火鷹，同時攻擊下方的伊恩和上方的硯天希與夏又離。

這兩批火鷹的背上，還踩著巨狼、袋鼠大的爆炸兔子和凶爪怒猿。

老金揮動虎掌轟隆隆與漫天火鷹對擊，高高蹦起，拱背將落下的伊恩再頂上半空，一人一虎飛梭遊竄，有時各打各的、有時掩護對方，甚至作爲對方的墊腳石。

「你帶進來的那些小朋友們，少了你在背後撐腰壯膽，在黑夢裡，弱小得就像是剛出生的鴨子。」安迪笑著說：「你嘴上或許不承認，但你心裡其實很清楚。」

「是你小看他們了。」伊恩再次斬開地板，再次遁入樓下，說：「他們遠比你想像中堅強。他們或許分散了，但我相信他們每一個人，現在正鼓起全力求生、鼓起全力要擊敗你、擊敗整個黑夢。」

「要擊敗我？」安迪揚了揚眉。「我不是說了，我已經贏了嗎！巨腦已經造成了，壞腦袋的力量已經完整複製進整個巨腦裡了，就連張意的力量，也一併複製進去了，你明白嗎？」

「是嗎？」伊恩反問：「那你怎麼不直接使用黑夢，指揮狐魔殺我，甚至直接指揮我殺死自己，何必這麼辛苦撐傘追著我跑？」

「巨腦的力量正往萬古大樓上傳來，我很快就要使用黑夢了，你還有幾分鐘時間做好心理準備。」安迪哈哈一笑。「但其實我就算不用黑夢，依然能夠擊敗你，你的弱點還是那麼明顯——我故意讓張意看見你們的敢死隊員，將他們掛在電梯底下，簡簡單單就把你們釣上樓了，你一點長進也沒有。」

「弱點？」伊恩苦笑了笑。「你認爲情感是一個人的弱點？」

「愛使人盲目，恨也使人盲目——」安迪這麼說，轉了轉傘。「全是無謂的干擾。」

安迪這麼說的時候，嘴角掛著微笑，神情比起剛開傘時更從容了，只這麼不算長的時間，他的操傘技術彷彿便有了長足進步——此時硯先生口鼻溢漫黑煙，動作更加犀利，施展出來的墨繪術也愈加豐富，轉眼就竄到了伊恩面前，還隨手往上撒開一片巨大火鷹。

十數隻巨大火鷹展翅竄過安迪身邊，緊追企圖襲擊安迪的硯天希。

「臭老狐狸——」硯天希提著夏又離狼狽閃避迎面追來的火鷹海，也放出火鷹迎擊，但她得接連放出四、五隻火鷹，才能抵銷硯先生一隻火鷹。

底下，伊恩竭力閃避硯先生的追擊，他知道自己無論如何也戰勝不了這千年狐魔，只能全力拖延時間，替底下妖車眾人和紳士爭取更多時間，直到成功破壞巨腦。

他被硯先生逼入了牆角，單手反持七魂，再一次往地板刺擊，身後牆面陡然爆裂開來，一雙燃著凶火的大手，牢牢箍住伊恩身軀。

那雄壯人影昂頭張嘴，一口啃在伊恩腦袋上，將伊恩腦袋啃掉一大塊。

是奧勒。

七魂飛梭往下竄，並將伊恩斷手倏地拉離果身，遁入下方層樓中。

硯先生猛然竄至奧勒面前，睜著一雙凶目瞪視奧勒，像是在質問他為何搶了自己的獵物，若無安迪緊急拉傘制止硯先生，此時這四指前頭目奧勒，或許已經粉身碎骨了。

然而奧勒經黑摩組與艾莫聯手施術折磨修煉，早已喪失自我意識和七情六慾，像跟在莫小非身邊的周書念一般，變成了一具活生生的人體兵器。這樣的奧勒，自然也無懼於眼前的硯先生，他雙眼縫線已經拆開，兩隻亮紅眼睛彷如熔岩，低著頭與硯先生對視，撕開伊恩果身一口一口往嘴裡塞。

「老前輩，您別氣了……」安迪轉傘令硯先生一步一步退開，上方宋醫生也吹了聲口哨對奧勒下令。

奧勒跺了跺腳，將七魂刺裂的地板踏得更開，直直落入下方樓層，繼續追擊伊恩。

伊恩長出一半新身，單膝蹲在遠處，默默望著落下的奧勒——

他使用了最後一枚人身果。

轟隆一聲，老金從另一端高處和宋醫生幾隻大手扭打落下，揮掌轟開宋醫生大手，躍到伊恩身旁，咧著嘴巴四處張望，最後望定奧勒。

「這怪人是奧勒？」

「是。」

「奧勒就是倫敦大戰的主謀？」

「是。」

「就是那夜樓頂被我們殺光一百多個死傢伙的幕後老大？」

「是。」

伊恩吁了口氣，身體飛快長成、裹上衣飾，他右手上的七魂和左手上的刀鞘，一齊微微震動起來。

奧勒是當年倫敦大戰的主謀；是下令對包括七魂諸將在內的一切靈能者協會至親、摯愛下手的主謀，也是策劃以切月、無蹤、霸軍等人爲餌，圍攻誘捕伊恩的主謀。

又幾聲轟隆巨響，兩處天花板炸開，硯先生落在伊恩左後方，宋醫生落在伊恩右後方，再加上奧勒，等於將伊恩圍在一個大三角的正中央。

伊恩微微抬頭，望向頭頂的天花板，知道安迪就在他正上方。

「小子。」老金吁了口氣，輕輕撫撫肚子，鼻血流個不停。「從認識你到現在，我實在有點好奇。」

「好奇什麼？」

「以前我從來沒有想過，和人打架會有打輸的一天……」老金哼哼地說：「你呢？你以前打架的時候，有沒有想過會輸，甚至被活活打死？」

「嗯……」伊恩右手上獨目藍光燦爛。「好問題。」

□

「停下來、停下來！」「別跑了！」青蘋、盧奕翰等人大力拍打著妖車車身，這才讓驚恐亂竄的妖車止住腳步。妖車餘下的四條金屬長腿，踏在叢林樓層深處泥土上，只覺得土下彷彿有奇異的東西在蠕動。

四周是一棵棵他們從未見過的怪異矮樹，矮樹上的樹果啪啦啪啦破裂開來。

嗡嗡——

後方蟲海湧來，攀上妖車四周樹果，將欲從樹果裡孵化出的惡蟲咬死。

陳碇夫的身影低伏在妖車後方不遠處，他左邊蟲目凹陷、淌出紫血，兩隻強悍蟲臂滿布裂痕，背後蟲翅破爛歪折。

「好久沒打這麼過癮的架了。」鴉片的聲音遠遠傳來，他雙眼灰白一片，嘴角掛笑，帶著大批打手大步走來。此時他的臉上也帶著些許傷痕，但他對陳碇夫造成的傷害，顯然大過陳碇夫予他的傷害。

「張意他們人呢？」「現在怎麼辦？」妖車上眾人慌亂成一團。「我們得跟下去幫他們。」「可是地板已經闔起來了！」

「鬆獅魔，挖洞——」夜路下車，單膝蹲下，左手托著右手，將手對準腳下那詭異土地，令鬆獅魔掘地。

「汪汪！」鬆獅魔探頭出來，叫嚷幾聲，兩隻圓滾滾的小爪子扒得有如機械工具，唰啦啦地往下掘開數十公分深，將夜路整條胳臂都拖進了土洞裡。

「出來出來，土裡有蟲！」夜路胳臂被鬆獅魔拉進土裡，身子趴伏、右臉貼在土地上，感到土裡群蟲蠕動，攀上他的手，甚至從土底鑽出，往他臉上爬，嚇得驚恐怪叫，連忙抽出手，拍落身上怪蟲。

妖車另一邊土地裡轟隆隆地幾陣爆炸，是青蘋將黃金葛伸入土中，引爆大葉。「不行，我的黃金葛炸不開底下黑夢地板！」青蘋急急地說：「我們跟張意、長門走散了！」

「沒差。」陳順源從妖車車尾躍出，拋下菸蒂，對著短刀呼出一口冰煙，往前方對峙中的陳碇夫和鴉片走去。「我們就算一路跟著張意，這鴉片也不會閒著，而會繼續一路追殺我們；我們在這層樓擋著鴉片，跟陪在張意身邊擋著鴉片，意思其實一樣。」

「嗯？你們以爲擋得住我？」鴉片冷冷一笑，用拳頭撞了撞拳頭，繼續往前。

陳碇夫揮臂掃出一陣陣蟲海，他破損西裝和襯衫裡的皮膚上，破開一道道裂口，鑽出一隻隻蟲。他的身體裡藏著數隻魔蟲，這是東南亞一代某些被稱作「蟲人」的四指成員最擅長的獨門異術；蟲人從萬隻蟲裡煉出魔蟲，將魔蟲藏進體內，便能唆使群蟲行動，甚至讓自己化爲蟲。

陳碇夫的身體裡，藏著不只一隻魔蟲。

而這只是他復仇修煉艱辛過程裡的一部分而已。

他像是撥水一樣，掃出一波波蟲，往鴉片身上打；鴉片不避不閃，大步走來。

「我們多久沒聯手了？」陳順源來到陳碇夫身後。

「從來也沒有。」陳碇夫餘下的一隻蟲目，閃爍著奇異的光。

他才說完，身子就像是一頭發動襲擊的猛獅，往鴉片竄去，揮動化成蟲肢的雙拳，擊在鴉片架起防禦的那雙胳臂上。

鴉片閃過幾拳、擋下幾拳、硬捱幾拳，接著一拳勾在陳碇夫腹部，擊裂了陳碇夫腹部蟲甲。

然後鴉片撇頭，避開陳順源射向他左目的飛刀。

飛刀在鴉片後方陡然變向，倏地刺進鴉片後頸，被鴉片反手抓住飛刀，啪啦一聲捏成數截，然後伸手抹去頸子上化開的冰凍咒。

「你要跟他聯手？」鴉片望著陳順源，忍不住笑了。「現在的你，跟陳碇夫身上一隻蟲子有什麼分別？」鴉片還沒說完，臉上磅地捱了陳碇夫一記暴拳。

陳碇夫挺直身子，一雙拳頭暴雨般砸在鴉片身上臉上，他的拳頭帶著蟲，蟲上帶著咒和毒；但那些帶著咒和毒的蟲，對摘下全部戒指的鴉片而言，像是飄過身邊的棉絮般不痛不癢——毒蟲不但咬不穿鴉片皮膚，甚至連大牙都來不及張開，就讓鴉片身上炸出的凶悍魔氣震落了翅膀，甚至震碎了蟲體。

鴉片一拳轟在陳碇夫胸口，將他擊退好遠。

陳碇夫剛站定身子，突然往斜後方飛遠，又閃電般竄來，想要以速度取勝——但這叢林樓層高度只十餘公尺，四周生滿怪樹，他沒辦法像上次大戰宋醫生那樣，飛上高空再落雷般劈下強襲敵人。

鴉片從容地左右轉身，擋下陳碇夫每一記猛襲。

同時，叢林樓層四周擁出更多人影，那是隨著鴉片追來的打手部隊。

轟隆一聲，一個大影落在妖車頂部，那人身形壯碩卻傷痕累累，居高臨下地望著青蘋、盧奕翰和夜路。

「賀……賀主管！」盧奕翰和夜路，望著站在妖車車頂的賀大雷，嚇得六神無主。

賀大雷穿著一條破爛西裝褲，赤裸的上身沒一塊好皮，到處都是縫縫補補的傷疤；他雙眼殷紅，腦袋上插著十幾根怪異銀針。

「你們終於來了。」賀大雷長長嘆了口氣，苦笑了笑，躍下車頂。

然後挺起手刀往夜路腦袋劈去。

「啊！」夜路只覺得身子一個震盪，胳臂猛力抬起，一時間似乎沒反應過來發生了什麼事，他視線往上瞧，這才見到是鬆獅魔張嘴咬住了賀大雷劈下的手刀。

「小心！」賀大雷暴出厲吼，一記勾拳襲向夜路腦袋。

夜路被盧奕翰疾來一腳踩在腿彎上，身子跪倒矮下，避開賀大雷這拳。

賀大雷第三拳，擊在盧奕翰架起的鐵臂上，他這一拳還額外使上自身異術，在前臂外側架上一把電線杆那麼粗的黑色巨鎚，轟隆將盧奕翰轟得離地彈起，身子撞在妖車上。

「這大個子一邊打招呼一邊打人啊！」英武和小八在空中飛繞，不知所措。

「賀主管還是被黑摩組控制著，大家小心！」盧奕翰落地，往前衝刺幾步，攔腰抱住賀大雷，將他摺倒在地，飛快轉身，扣住賀大雷右臂往後一倒，使出一記腕十字固定。

「笨蛋，不能對老賀用這招！」小蟲驚呼一聲，急急抱住賀大雷暴起往盧奕翰小腿斬去的左手——賀大雷左拳手背外，浮起一面厚重斧刃。

「小蟲哥，你忘了我的腿是鐵做的。」盧奕翰哼哼地猛力施力，想要一舉將賀大雷胳臂拗斷，但卻感到腹間猛地疼痛起來，連忙放手滾開——

賀大雷甩開小蟲，站起身來，他的右臂外側那束厚刃正緩緩隱退。

盧奕翰即便有鐵身護體，但如果剛剛他大力扣下賀大雷的手臂，等於是用自己的力氣，按壓賀大雷胳臂黑刃切斷自己身子。

「忘你媽，你的鐵身是我幫你刺的！」小蟲大罵。

「小蟲說的對，別對我用寢技。」賀大雷長長吁了口氣，擺出空手道架勢。「我的家傳寶刀，連鐵都斬得斷。」

「賀主管！你現在是什麼情形？」夜路大叫。

「我現在身不由腦。」賀大雷苦笑，一記腿側附掛黑色巨戟的正踢，將盧奕翰逼退老遠。「鴉片故意這麼玩我，我想他大概跟奴隸打架打膩了，他希望我恨他入骨，打起來才過癮。」

妖車眾人聽賀大雷這麼說，頓時明白賀大雷此時處境——他此時仍受黑夢或是腦袋上那些銀針控制，儘管思慮如昔，卻無法隨心所欲地行動，而必須服從黑摩組命令——追殺妖車所有人。

夜路和盧奕翰等人，不約而同望向另一頭和陳碇夫戰得不可開交的鴉片，知道賀大雷此時狀況，確實是格鬥狂鴉片會喜歡的把戲——令賀大雷憤恨自己，與自己全力搏鬥，甚至與舊識故友反目相殘，確實比起身邊一票受著黑夢控制，打不還手、罵不還口的奴隸打手要有趣太多了。

「你們自己說，這樣是不是好玩多了？」鴉片嘿嘿冷笑幾聲，一巴掌將竄來的陳碇夫打趴在地。

陳碇夫趴伏在爬滿異蟲的土上，他身上爬出的蟲，和自土裡鑽出的蟲，咬成一團。

他使力撐起身子。

鴉片一腳踏在他頭上，將他的頭踏進了土裡，然後收回腳，扠著手，輕蔑望著他，說：「我對你好失望，聽說你上次把小宋嚇呆了？怎麼在我面前這麼不帶勁？是小宋太沒用，還是我太強了？你這樣子，怎麼對得起你太太跟孩子呀？」

陳碇夫再一次撐起身體，緩緩站起，蟲目詭異閃耀，掄動蟲拳，往鴉片臉上擊去，被鴉片抬手抓住拳頭，隨即擊出另一拳，也被鴉片抓著。

陳碇夫全身催出魔風，逼出了最大的力量與鴉片對峙，但他的雙拳仍然喀啦啦地被鴉片逐漸握裂，淌出汁液。

陳順源撲躍上鴉片後背，雙腿箍著他的腰，用單臂勒著他粗壯脖子，但鴉片的頸子堅如鋼梁，一點也不受陳順源勒頸影響。

陳順源的符籙早已用盡，短刀也被折斷，能吐出冰術的菸都抽完了，見鴉片不怕勒頸，只好咬破舌尖，想取鮮血畫符。

磅——鴉片後腦重重撞在陳順源臉上。

陳順源霎時感到天旋地轉，摔落下地來，撫了撫臉，再望著滿掌鮮血，嘿嘿一笑：「謝了。」他摘下破外套，舉著血掌外套背面畫開一道符，跟著將那外套往與陳碇夫對峙中的鴉片頭上一套。

外套飛快結出冰霜，凍成巨冰，再啪地被鴉片呼出的鼻息炸開。

鴉片壓根不怕這種法術，他抓著陳碇夫往陳順源身子甩去，將兩人砸飛老遠。

妖車這頭，盧奕翰和小蟲聯手與賀大雷纏鬥，夜路舉著鬆獅魔連連吼退往妖車襲擊的格鬥打手。

青蘋揪著黃金葛四處鞭打那些打手，突然尖叫一聲，身子被幾條竄入駕駛座的樹枝捲著——上百條自天花板垂下的樹枝，神不知鬼不覺地捲住整輛妖車，將妖車高高拉起。

「有財——」夜路高叫一聲，舉起左手，令有財打出鬍鬚，捲著妖車一條金屬腳，但有財那鬍鬚力量遠不如百條樹枝拉力，不但沒能將妖車拉回，反而讓夜路隨著妖車一起被拉上半空。

「哇！」夜路被拉上空中的同時，突然感到右腿被猛力一握，要將他往下拉，低頭一看，竟是盧奕翰抱住了他的腿。

「好痛，你太重了，我的腿支撐不住，快放手！」夜路大叫，抬頭見到天花板裂開一個洞，樹枝便從那洞裡探出，樹老師便站在那洞口往下看。

這次樹老師雙眼閃動異光，渾身透著神草氣息，他的頭臉皮膚有如樹皮，按在破口的左手五指延伸成無數細枝，彷彿整個人都化成了樹。

他探下右手，指尖竄出更多樹枝，將整輛妖車纏得密不透風，還爬上夜路全身，嚇得夜路尖叫改口：「奕翰別放手，快想辦法把我跟青蘋拉下去──」

「嘖！」盧奕翰揪著夜路身子，奮力往上，撥開捲向他的樹枝，攀上妖車，一把一把扯斷那千百條捲住妖車車身的細枝；一部分樹枝開始往盧奕翰身上鑽刺，卻刺不進他的鐵身。

下一刻，整輛妖車連同車上的青蘋、車底的夜路和車頂的盧奕翰，一同被拉入天花板上的破口，拉進一處古怪木造空間。

這奇異的木造空間約莫數十坪寬闊、十餘公尺高，四周造有許多樓梯，連接著大小不一的木造平台。

有些平台上堆疊著許多生出奇花異草的盆栽；有些平台上擺著一座座櫃子，塞滿各種古怪肥料；某些平台上的工作桌面，有著顯微鏡和像是手術器材的器械，還有些切割開來的花葉莖藤和剖半的果實、種子。

這間古怪木造空間，活脫像是個實驗室。

專門研究植物的實驗室。

一陣一陣轟隆隆的震動自整座木造空間發出，夜路、青蘋等人很清楚地感到，這空間在移動——不是車輛行駛的移動，而是類似某些節肢動物爬行時的那種移動感，例如蜘蛛。

妖車被樹枝固定在這木造空間正中央一處稍微空曠的木台上，樹老師領著十幾名手下，持著一堆看不出用法的木造武器，將妖車團團包圍。

「……」樹老師調整著掛在頰間的翻譯靈道具，低喃碎語了好半晌，終於開口。

「小島上的年輕種草人呀，妳們家的『草』眞是很有趣……」樹老師的聲音帶著沙啞乾焦的氣息，他的臉頰、頸子上布滿斑駁的樹皮。「我研究了一段時間，還是有許多搞不懂的地方，我有許多問題想向妳請教呀……」

「……」青蘋一時不知該如何應答，只能緊緊揪著黃金葛，抵擋自外伸入的樹枝。

「好痛、好痛啊——」妖車縮在青蘋身邊，拉著青蘋胳臂，哀哀哭喊著，不時激烈顫抖——捲著他車身的無數條樹枝，正啪啦啦地拆卸他的車體、扯下他的金屬足，將整台廂型車逐漸越拆越小。

夜路被幾名樹老師的學生按在地上，鬆獅魔從他胸口探出腦袋，吼開那些學生，有財甩動光鬚，將夜路拉高蹦起，操縱著他奔到車頭護衛駕駛座裡的青蘋，卻又被幾株自地板竄出的食蟲植物纏倒在地，動彈不得。

盧奕翰則被一股怪力高高提起，扔下地去，跟著將他按倒在地——是那頭石蓮獸。能夠變化樣貌的石蓮獸，此時是隻大鷹模樣，一雙大爪緊緊按著盧奕翰雙肩，盧奕翰感到幾枚落在他身上的石蓮葉瓣生出根來，往他身體裡鑽，趕緊施展鐵身護體。

英武和小八也雙雙被樹枝纏著，吊在空中動彈不得。

「你把我外公的神草種子種在這間木屋裡！」青蘋一見那石蓮獸現身，陡然感應到這整座木造空間裡，隱隱透著熟悉的氣息，是她家家傳神草的氣息。

「木屋？」樹老師聽見青蘋的形容，啞然失笑。「原來我的身體，看起來像是一間木屋呀。」

「你的……身體？」青蘋望著站在遠處的樹老師，一時還不解這麼說是什麼意思，她左顧右盼，從駕駛座前方、側邊那些早已沒有玻璃的窗口往外張望，確實隱隱感到整座木造空間，都有著與她家神草相近的氣息，她問：「你……你都把我家神草種進你身體裡了，你還要我幫什麼忙？」她這麼說時，見到夜路被食蟲植物咬得哀號起來，連忙說：「不要傷害我的朋友！」

「我很抱歉。」樹老師賊乎乎地笑了笑。「這些植物並不是那麼聽我的話……」

「你……你到底想怎樣？」青蘋焦惱地指揮黃金葛推開車門，衝下車，像是想和樹老師拚命一般——但她的腳剛踩著地板，立時就被地板上竄出的樹枝捲著雙踝。

她尖叫地指揮黃金葛，捲上那些樹枝，和樹枝拉扯糾纏起來。

「哦——」樹老師先是瞇起眼睛，跟著索性閉起了眼睛，還微微側著頭，像是在認真感應青蘋操使黃金葛的方式。

「唔呀！」青蘋又是一聲尖叫，幾枝樹枝穿透了她的皮膚，鑽進她的肉裡，像是在探找著什麼一樣。

「如我所料。」樹老師睜開了眼睛，雙眼閃閃發亮。「我修煉這些種子這麼多天，總覺得缺少了某樣關鍵東西，讓我沒辦法更進一步將種子的力量發揮出來——原來是少了妳家族血脈。」

孫大海修煉出的這批神草種子，除了穆婆婆那古井大樹之外，其餘幾枚種子，都是由自己血脈煉成，只聽自己和後代子孫的號令，樹老師雖然將宋醫生奪來的神草種子加以改造，但仍然覺得施展之間有些缺陷。

「哇！」青蘋雙腳被樹枝一扯，雙膝跪下，那些樹枝鑽入她雙腕動脈，竟開始緩緩吸取她的血。

「別太急、別太急——」樹老師咧嘴笑了起來，像是在安撫著什麼似的。「得讓這年輕種草人長久活著才行，活人才能持續生血，要是死了，我們可少了頭血牛啦，呵呵……」

「誰……」青蘋聽樹老師這麼形容她，氣得咬緊牙關，她手上還抓著那黃金葛。

「誰要當你的血牛呀！」

青蘋尖叫著，黃金葛飛快竄長，與纏著她的樹枝糾纏撕扯起來——她在盛怒之下，竟不顧樹枝鑽進了她手腕，指揮著黃金葛猛力拉扯，把數條樹枝硬生生從手腕拉出，將兩隻手腕上的動脈扯開了嚇人裂口。

鮮血嘩地灑開。

「哇！」樹老師料想不到青蘋反應如此激烈，瞪大眼睛往前一踏，令青蘋身邊竄出更多樹枝，捲上她全身，裹住她雙腕，竟像是想要替她止血；同時，那些樹枝可沒浪費青蘋任何一丁點鮮血，竄出許多細根，將那些鮮血全吸進了根裡。

「混蛋——」盧奕翰身在妖車另一側，雖見不到青蘋處境，但聽見青蘋連連尖叫，急得猛一扭身掙脫石蓮獸壓制，掄著鐵拳對那石蓮獸一陣暴打，跟著也不顧身上沾著上百片生根蠕動的石蓮葉瓣，急急去救青蘋。

另一頭，夜路本來也被幾條樹枝刺進身體裡，但鬆獅魔和有財在他身體裡四處繞走，將那些樹枝全咬爛吐出他體外；他聽見盧奕翰反擊的聲響，立刻翻身爬起，舉著鬆獅魔吼開幾根樹枝，幾步奔到青蘋面前。

夜路和盧奕翰見到青蘋讓密密麻麻的樹枝裹成一個大繭，只露出一張臉，連她那黃金葛都落在地上，被樹枝糾纏捲著，不禁心急地大嚷起來。「快救青蘋！」

「不行！」英武被樹枝捲著，掛在妖車上方，見夜路和盧奕翰想動手撕扯樹根，連忙尖叫：「那些樹根扎進青蘋身體裡了，不能亂扯，會扯爛青蘋皮肉——」

「什麼！」夜路和盧奕翰聽英武這麼說，驚慌得不知所措。

青蘋的臉埋在樹枝中，雙眼茫然，且蒼白無助。

樹老師一雙眼睛，則微微綻放出光彩。

08碎心

萬古大樓頂旋起黑風、下起黑雨。

黑風自一隻隻王家傘魔口鼻呼出、自鎖著他們的鐵鍊上蒸騰溢出；黑雨卻不是雨，而是那一隻隻王家傘魔肢殘體裂開來後噴灑出的血。

一隻隻王家傘魔的對手，也是一隻隻王家傘魔。

郭曉春臉上掛著淚痕、咬著牙，奮力舉著十二手鬼傘，指揮十二柄王寶年給她的王家傘，與王寶年本人操使的王家傘展開大戰。

即便她戰意全無，一心惦著散落滿地那殘破不堪的護身傘，但一旦她分心操傘，受困在王家傘陣中的安娜和阿毛便會有危險。

「太醜惡了……」安娜撫著肋骨傷處，甩髮掩護阿毛和郭曉春，與王家傘魔遊鬥。她見到四面八方旋繞著漆黑的風，飛騰著漆黑鎖鏈，一隻隻口鼻冒出黑煙的凶魔、惡獸彼此撕咬互斬，不禁苦笑嘆息。「郭家的傘美麗多了。」

「美麗有什麼用？」王寶年似乎聽見了安娜的評論，哼哼地說：「要漂漂亮亮，可以學跳舞、學畫圖，來學操傘做什麼——傘師在傘裡頭裝鬼藏魔，是用來打架、殺人殺魔的，不是比好看的。」

「打打殺殺，可以有不同目的。」安娜冷冷地說，高高躍起，踩在一隻受郭曉春指揮的粗壯傘魔肩上，甩髮四面鞭打那些王寶年的傘魔。「可以欺凌弱小、打家劫舍，也可以抵禦暴惡、守護家園——也可以像你這樣，一把年紀還像個幼童鬥蟋蟀，只爲了好玩。」

「就是好玩才玩呀。」王寶年哈哈大笑。「我已死了、已煉成魔了，不找點好玩的事玩玩，怎麼打發時間呀……小妹妹，認眞點！」王寶年說到這裡，突然又微微變臉，向郭曉春埋怨起來：「妳明明拿著我家好傘，怎麼比拿著自家破傘還蹩腳？妳還沒打起精神？」

他這麼說的同時，呼了口氣、抖了抖十餘條漆黑鐵鍊，他指揮的傘魔一個個窮凶極惡地撲向郭曉春操使的傘魔，黑甲武士劈裂了殺人鬼胸膛，三頭凶獸咬斷了四手惡妖腦袋，一下子將郭曉春指揮的傘魔殺倒大半，將郭曉春團團包圍猛攻。

「還是——」王寶年鼻子噴出幾股黑氣，伸指挑了挑鎖鏈。「妳那隻長手白鬼太沒用啦？」他這麼說的同時，幾股黑氣循著鐵鍊竄向十二手鬼傘幾條胳臂，漆黑鐵鍊啪擦啪擦地扯斷十二手鬼的蒼白胳臂。

「你做什麼？」郭曉春感到十二手傘傳至掌心的痛苦反應，激動地轉傘試著反抗王寶年，卻徒勞無功——十二手鬼的胳臂被王寶年的黑鍊穿透手骨，轉眼便被扯斷五、六條胳臂。

「我找找找我傘房裡有沒有類似的傘讓妳拿……」王寶年氣呼呼地甩著鐵鍊，他那巨傘傘下懸著的百來支傘，猶如風鈴般搖晃震動起來；同時，他伸出更多鐵鍊，探入底下樓層的巨大傘房裡，自高聳傘架上摸索挑揀著一把把傘，不時埋怨地說：「以傘操傘，怎麼我以前從沒想過這把戲呢？啊呀，我知道了，一定是我那些後人子孫太沒用，連一、兩把傘都使得不夠專精，不像郭意滿孫女一人能使這麼多把傘，才讓我從未往這方向想呀……哼哼，郭意滿，我好嫉妒你有這樣的孫女呀。」

王寶年正挑著傘，突然呆了呆，注意到先前那一把把被他打爛的護身傘，正緩緩地往郭曉春身邊聚去——

破了肚子的豬仔不顧肚腹破口掛出一堆腸胃，奮力舉著雙蹄與一隻試圖朝郭曉春逼近的凶魔大爪對掌，鼻子呼呼地噴著氣；熊仔虎仔憨牛笨馬少了郭曉春持傘指揮，依舊跛腿斷爪地在曉春身邊圍成一圈，或用頭頂、或用身體硬撞，攔阻著往郭曉春殺來的王家傘魔；文生搗著缺眼傷處，挺著斷劍站在笨馬背上指揮四獸；悟空鐵棒不知飛去了哪兒，只好從地上撿起十二手鬼的胳臂當成武器瘋癲亂打；樹人在郭曉春腳下築起一處架著柵欄的作戰平台；土龍傘裡的泥鰍、鳳凰傘裡的鳥隊都戰死大半，稀稀疏疏地組成小隊，在樹人柵欄前圍繞成圈，試著偷襲王家傘魔眼睛，或是絆幾下王家傘魔腿足。

「……」郭曉春單手持著十二手傘，將長柄抵在樹人站台柵欄上，淚眼汪汪地騰出手來，接住了緩緩朝她飄來的白鶴傘——

白鶴的身子上還攀著漆黑大蜈蚣，雙翅白羽脫落了大半，在郭曉春騰手持傘下，仍勉力振翅飛起，在郭曉春頭上盤旋起來。

「妳怎麼又玩起妳那些破傘？」王寶年垮下臉來。「妳這孩子不識好歹，瞧不上我家好傘？」他一面說，一面甩動鐵鍊，將他挑出的那些傘一把把張開，落下一隻隻冒著黑煙的傘魔——

王寶年挑出來的這批傘魔，個個都有三頭六臂、甚至是十幾二十隻長手。

「我的傘也會拿傘。」王寶年冷冷地說，同時甩動黑鍊，從大傘下、從樓下傘房裡，抽出更多傘，一把把張開、遞給他那隊多手傘魔。

那些王家多手傘魔們，從來沒有練習過拿其他傘；而那些王家傘也從未讓其他傘魔拿過，只是在王寶年黑鍊強橫控制下，勉強以傘御傘，拼湊出浩蕩大隊，你推我擠地往郭曉春團團圍去。

「吼——」阿毛掄著石棒傘，一跛一跛地站在樹人站台柵欄前，與衝破熊虎牛馬四獸防線的王家傘魔浴血大戰，被王家傘魔一爪扒中腦袋，昏厥失神地變回狗身，癱軟伏下，那傘魔一腳往阿毛身子踩去，卻踩了個空。

是阿毛那把石棒傘自主飛旋起來，將阿毛身子挑上樹人高台，落在郭曉春腳邊。石棒傘在空中張開，傘面猶如一面石盾，轟隆隆地替郭曉春擋下敵方一陣突擊。

「大家別怕……」郭曉春涕淚縱橫，一手按著長傘、一手舉著白鶴傘。「我們跟他拚了，衝鋒車——」

樹人轟隆隆地變陣，令戰台生出木輪，化爲古代戰車，郭曉春令幾隻殘存的凶悍王家傘魔在最前頭開路，掩護著自己的破傘衝鋒陣，緩緩往前推進。

「……」王寶年默然無語地望著重傷殘破但團結一心的郭家破傘隊，再望望自己傘下陣容浩大但亂七八糟你推我擠的傘魔大軍，心中沒來由地不是滋味起來，正想說些什麼，突然咦了一聲，將目光放遠，越過了郭曉春、越過了萬古大樓頂，望向遠處黃昏天空。

天上有幾個黑點。

王寶年轉頭，又往另一個方向望去──從數百層樓高的萬古大樓樓頂上空，可以見到遠處海岸，海面上有一支艦隊緩緩地駛近淡水河口台北港。

「哦，是那些酒囊飯袋來啦……」王寶年冷笑著，抖了抖鎖鏈，對著下方說：「安迪，靈能者協會的船來了。」

他笑著說完，回頭望向空中那群黑點。

黑點極速逼近，是十幾架大型運輸直升機，每架直升機底下，都吊著巨大箱子。

帶頭那架直升機，突然炸出一團煙。

「咦？」王寶年呆了呆，一時不明白那直升機發生了什麼事，再仔細一看，原來那直升機沒有炸，自機艙散出的那團東西也不是煙。

而像是一群飛彈，往萬古大樓疾飛打來。

郭曉春正指揮著破傘衝鋒陣往前推進，似乎感應到了什麼，訝異回頭，也望見了自遠空射來的那陣「飛彈」。

熟悉的的氣味令她立時知道，那並不是飛彈，而是一把把傘。

「姓王的老妖怪，敢欺負俺孫女——」阿滿師的怒吼聲，透過直升機上的擴音設備劈過日落天際，吼向萬古大樓。

「阿公——」「阿滿師？」郭曉春和安娜不敢置信地望向那陣自遠方竄來的傘雨，和傘雨後的運輸直升機隊。

每一把傘尾上都拖著一條極細光絲，光絲有各種顏色，劃過天空，猶如千顆流星。

「郭意滿，你也來湊熱鬧呀。」王寶年哼哼地冷笑起來，巨傘旋動的速度突然加快，一旁血池的下降速度也加快起來。

磅硠嘩啦地一陣鎖鏈聲，懸在巨傘下的傘，一口氣全落了下來；同時，萬古大樓頂地板上幾處巨大玻璃窗紛紛炸裂，底下傘房裡的王家傘，也像是地對空飛彈般射出，每把王家傘傘尾都鎖著一條黑鍊。

上萬把拖曳著黑鍊的王家傘，從萬古大樓頂竄上半空，與那拖曳著繽紛彩線飛來的千把郭家傘在半空中相迎——

萬古大樓上方彷彿炸開了一陣陣燦爛煙花。

□

「喝！是那個會吃人的女魔頭——」張意聽見邵君的聲音，嚇得顫抖起來，但隨即搖搖頭，捏緊拳頭說：「不對！我……我有大老二，我是黑桃二……我不怕她！」

「你有大老二呀。」邵君嘿嘿地笑了起來：「看不出來呢，我眞想見識一下。」跟著，開門的聲音自玄關處傳入客廳。

張意和長門後退幾步。

長門微微弓伏起身子，托著三味線緩緩地撥著重複幾個單音，一聲一聲地在身邊凝聚出條條銀流；張意則奮力甩手，自腳邊召出數隻大拳頭，但他望著那幾隻大拳頭，卻覺得比剛剛轟破保護壁的拳頭要小上許多，且形狀鬆散難看，拳上木板石塊甚至不停崩解落下，這拳落下半截小指、那拳斷下整條拇指。

「怎……怎麼回事？」張意抹了抹汗，見到身旁一隻拳頭甚至從腕處斷裂，摔散在地上。

「孩子，我不是說了嗎？你先前使用的黑夢力量，源自於壞腦袋，但現在整個黑夢已逐漸被巨腦接管，壞腦袋不再釋出新的力量，你手中戒指能夠控制的力量，已經漸漸消耗殆盡了。」艾莫的影像在客廳電視機上閃耀著。「很快地，你將無法控制黑夢裡的一切了，所以你最好乖乖聽我的話。」

「聽……聽你什麼話？」張意顫抖地問。

他聽見玄關處傳來腳步聲，和邵君那可怕的笑聲。

「放棄與我們對抗。」艾莫這麼說。「我可以請邵君小姐放你一馬。」

「張意先生！」神官怒叫：「叫他閉嘴，晝之光絕不可能向四指屈服——這是長門小姐的意思，也是我的心聲！」

「沒錯——」摩魔火火毛飄揚，大聲怒叱：「師弟，叫他閉嘴！」

「你……」張意被神官和摩魔火怒叱，同時見到長門冷峻眼神，連忙對著電視機虛揮一拳，大聲喊：「你……你他媽閉嘴！」

幾隻虛弱拳頭，同時擊上電視，轟地碎成一堆瑣碎雜物，竟只將那電視螢幕砸得凹陷——此時張意能夠控制的黑夢力量，已經十分微弱。

但電視機裡的艾莫身子微微一震，儘管他雙眼縫著，總是面無表情，但此時竟顯得有些驚愕——彷彿當眞捱了張意一拳般。

「孩子，你的天分……」他喃喃自語。「或許超出了我的想像……」

「那就是沒得談了。」邵君走入客廳，隨手拉來一張沙發坐下，望著張意和長門冷笑著，她手上戴滿戒指，指間還捏著一枚戒指——那是他們先前以鎖頭鎖著、能夠使用巨腦力量的新戒指。

那枚新戒指上的紋路閃耀著奇異的光芒。

邵君笑著咧開嘴巴，伸出長舌，她的舌尖猶如蛇信般岔開，捲著戒指，將戒指當成舌環來用。

邵君一面挑舌，一面將先前戴滿手的戒指一枚枚摘下。她像是刻意想嚇嚇張意般地展示指魔力量，每摘下一枚戒指，她的雙眼就變化著奇異彩光，有時殷紅如血、有時深紫或是靛藍、有時又碧綠一片，她的臉龐也爬動著不同顏色的筋脈紋路。

「妳……妳出去！」張意嚇得渾身發抖，突然揚手指著門外，朝著邵君大聲喝叱。

「……」邵君摘去了六枚戒指，被張意這麼一吼，停下動作，靜默數秒，然後哈哈地笑開，對著電視機說：「艾莫，這戒指眞的有用喲，我眞的不怕他了。」

「其實——」艾莫答：「即使妳現在不使用巨腦力量，他也控制不了妳了，壞腦袋的力量已經所剩無幾了。」

「哦。」邵君望著張意，挑了挑舌尖，令那戒指彈動幾下，對張意說：「聽到沒有，你引以爲豪的大老二，已經沒用囉——」

「什、什麼……」張意像是聽見了世間最恐怖的鬼故事般，雙腿激烈顫抖起來。

「張意先生，盡你一切的力量，破壞那面牆、破壞巨腦！」神官尖叫，用第一人稱的語法，翻譯長門弦音。「我來擋著她！」

長門凝聚在身邊的銀流如同流星般打向邵君；邵君身子像是一頭豹，飛快蹦開避過這陣突擊，下一刻，她人落在長門面前。

邵君的個頭極高，站在嬌小的長門面前，彷如獵豹與家貓。

邵君的大手抓向長門臉面，長門猛地縮頭矮身——她的長髮跟不上她蹲低速度，高高飄起，被邵君抓個正著；邵君揪著長門的長髮，將她整個人甩上半空，當成鏈鎚般，往地板重砸——

長門被砸在一團她即時彈出的鬆軟銀團上，那彷如軟墊的銀團發揮了緩衝之用，使長門沒有受到太大傷害。

「嘿！」邵君仍揪著長門長髮，猛力再次甩臂，她不信長門撥弦的反應能比她連續甩臂還快，但這次她卻揮了個空。

長門割斷了自己頭髮。

同時，她身後銀團化作一支支飛箭，飛梭射在邵君身上——卻像射在堅岩鐵壁上一般，僅微微穿透邵君皮膚。

長門顯然早已做好準備，自斷髮開始的一連串撥弦轉音綿密而連貫，扎在邵君身上的銀箭飛快散開，分別往邵君雙眼、太陽穴、鎖骨中央處的喉部等沒有骨骼和肌肉保護的要害鑽去。

然而摘下數枚戒指的邵君，便連皮膚都強韌無比，減緩了銀箭穿透的速度，令邵君有時間反應得上——她彎腰弓身，一雙大手托著魔氣往臉上抹開，像是洗臉般抹散那幾道銀箭。

跟著，邵君貓捉老鼠般飛快追擊長門，一下子便將她逼至死角，再對著長門大步一跨，使出了投壘球般的姿勢，從下往上扒出一團剽悍魔氣，往長門正面轟去。

長門鼓動了全力撥出銀流護體，但邵君這團魔氣如同巨型重鎚，不但轟碎銀流，且連長門端在胸前的三味線也一舉擊斷，甚至將長門整個人都轟進了牆後——

另一邊的張意雙腳亂蹬，被終於現身的艾莫揪著頸子高高提起。

艾莫身邊還蹦出好幾個小壞腦袋，那些小壞腦袋推著一只嬰兒車，車上塞著壞腦袋那大腦袋。

只一會兒的時間，壞腦袋似乎變得比剛剛更小了些許，嘴巴微微張著，也不知是死是活。

艾莫提著張意本來想當面勸降，但此時卻沒有任何動作，面向邵君和長門那兒戰局——他像是對牆壁上那個被邵君打破的大洞感到十分訝異。

然而，摘下戒指且同時擁有巨腦力量的邵君，別說將牆打出大洞，只要她想，瞬間弭平整間白房都不是問題，但——

艾莫清楚感應出，在那牆壁打出大洞的力量，並非來自於邵君，更非長門，且也不是被他大袖觸手勒著脖子提在空中，一張臉漲得紅透發紫、不停掙扎的張意。

「長……門……」張意被艾莫勒得透不過氣，只覺得眼前逐漸發黑，快要窒息暈死；摩魔火則讓艾莫使出的小結界包裹著全身，在張意腦袋上不停掙扎，奮力冒火嘗試突圍。

「怎麼了？我出手太大力？」邵君朝艾莫吐了吐舌頭，像是有點訝異那面白牆竟沒有她想像中結實。「我本來想像打蚊子一樣，讓她在牆壁上開出一朵紅花。」

她還沒說完，也察覺到有些奇異氣息，牆上那破洞，裡頭是古怪的黑。

伸手不見五指的黑。

就連長門的氣息也一併吞沒的黑。

「不對。」艾莫陡然警覺。「是他——」

「誰？」邵君聽見艾莫這麼說，一下子還沒反應過來。「伊恩應該還在上面陪安迪玩捉迷藏吧，那大狐魔可沒那麼容易對付……」

「晝之光裡可不只伊恩一個人呀。」一個沙啞的聲音響起。

「啊？原來是你……」邵君這才認出了聲音的主人，她低下頭，望著四周裂開的地板。

地板裂痕裡炸出古怪黑氣，一根巨大且飛快旋動的圓錐狀鑽頭，轟然破地鑽出，斜斜頂撞在邵君後背，將她全身頂進了天花板。

頂著邵君後背的巨大尖錐猶如電鑽般飛快鑽旋，大鑽頭後方是一輛古怪機械車體，這怪車的模樣活像是一隻巨大的獸——

貘。

地板裂痕更大，轟隆隆地鑽出更多貘，一隻隻貘的古怪長鼻都飛快旋動，像是激烈運轉中的鑽頭。

「在你們抓到我之前，我先抓到你了。」那說話聲音再次響起，且自艾莫腳下發出。

艾莫低頭，只見腳下地板也裂開數道大痕，溢出激烈黑煙，跟著轟隆破開數處大洞，躍出一隻隻貘，甩動長鼻朝艾莫撲去。

艾莫揮動觸手打開群貘，卻被一支自後揚來的手杖敲在左肩上，手杖上竄出的異光繞上艾莫半邊身子，逼得艾莫鬆手放開張意，急急躍到遠處。

「哎喲，讓你溜啦。」紳士握著手杖，一手托著張意胳臂，站在群貘中央，向艾莫嘻嘻一笑。

紳士本已年邁，此時的他，容貌看來比過去憔悴許多，像是更老上十歲不止；他頭上沒戴紳士帽，也非整齊光亮的油頭，而是亂糟糟的散髮和禿頂；他一身污黃的破爛襯衫，袖子捲至上臂；西裝褲破成了七分褲，一雙皮鞋破得都開了口，開口裡頭甚至沒著襪子；就連他嘴上的八字鬍，也亂糟糟得像是分岔的毛筆。

唯一不變的，是他握在手上那支鑲鑽手杖，依舊光亮俐落。

「你帶著這些貘挖進了黑夢？」艾莫側著頭，喃喃地問。

「是呀，不然難道我用手挖呀？」紳士揚了揚手杖，客廳中央地板高高隆起一座小山，黑煙四散，那是一輛更加巨大的鑽地車，這鑽地車舉在車前的圓錐鑽頭，直徑超過兩公尺，激烈旋轉地轟隆撞上先前張意亂拳搥打的那面白牆，一吋一吋往白牆裡鑽。

替紳士指揮群貘的天才飼育員小迪奇，穿著一身沾滿污泥的花洋裝，坐在那鑽地車中央小小的駕駛座裡，呀呀叫著，胡亂搖晃著幾柄操縱桿，指揮車頭外的巨大鑽頭破壞白牆。

「你想利用他的力量破壞巨腦！」艾莫見紳士提著張意躍上那巨貘鑽地車，陡然明白了紳士的意圖。

「是呀，我這麼辛苦就是爲了破壞你們的好事呀，不然你以爲我喜歡躲在地底當老鼠啊。」紳士哼哼地按著手杖在那鑽地車尾端點了點，敲開一處大箱蓋子，然後將張意扔入那大箱中。

「哇！」張意雙腿發出刺痛，低頭一看，只見這高及腰際的怪箱內側，探出一群鼬鼠大小的貘，紛紛張口咬住他的雙腿；同時，他的背後也竄起幾隻怪貘，分別咬住他雙肩和後頸。他陡然感到全身炸出一股奇癢，彷彿電流通體，又似渾身著火，一股股奇異力量從四面八方鑽入他身體裡，再四面八方地離開他的身體。

這巨貘鑽地車好似裝上了強力電池、提升了千倍馬力般，轟隆一聲鑽透白牆，鑽進了牆裡。

白牆上的巨大圓形破口，炸出滾滾漿汁。

腦漿。

「麗塔，阻止他——」艾莫發出怒吼。

這美麗白房轟隆隆地傾垮，更多貘從四面八方竄出，全追進白牆壁洞，跟在巨貘鑽地車屁股後頭，足足有百來隻。

□

「哇、啊、唔……」張意嚷嚷怪叫一陣，逐漸習慣那渾身古怪電麻刺癢的感覺，他轉頭四顧張望，只見周遭景象奇異得令他完全無法理解自己究竟身在何處。

他站在巨貘鑽地車尾端一處箱體裡，鑽地車頭前那圓錐大鑽頭正轟隆隆地飛快往前鑽掘，後方跟著百來隻大小怪貘，有些挺著鼻子一同四處鑽地、有些甩著鼻子噴出怪煙，那些怪煙在整條深長甬道裡，結出像是礦坑通道裡的支架梁柱。

整條甬道壁上，則不停閃耀各式各樣令人眼花撩亂的景象，像是成千上萬的攝影畫面堆疊、推擠著彼此；而這些畫面的內容，則像是無以計數的人的回憶和夢境。

鑽地車快速鑽掘前進，前方鑽碎的夢境碎片，彷如大大小小嵌著照片的不規則玻璃珠子，融雪碎石般地濺落在後頭紳士和張意的身上，落在鑽地車四周，立時被四處亂竄的小貘咬去吞下。

「這……這裡是巨腦裡面？長門呢？」張意驚叫張望，跟著發現長門原來就坐在他身後平台上——她左臂折得嚴重，斷骨甚至穿出肉來。

長門那使用多年的三味線被邵君擊毀，此時她揭開琴箱，從箱中翻出幾條備用琴弦。

其中有條琴弦像是經過手工特製，兩端繫著銀環，她將琴弦一端銀環掛上琴箱內側小鉤，另一端則用口咬著，拉直了弦，再持著銀撥輕輕撥動那條細弦。一條條細如絲線的銀光自弦上震起，纏成一股銀流，繞上她斷臂，將插出皮肉的斷骨緩緩推回臂裡。

那時若非紳士即時指揮群貘破壞長門身後白牆，讓長門遁入牆後，同時驅動擬黑夢的力量替長門抵銷邵君魔氣殘力，或許真如邵君所說，長門會被摘下六枚戒指的她砸上牆壁，炸成一圈紅色血花。

張意見到長門嬌小單薄的身子微微發顫，強忍著痛楚處理胳臂傷勢，不禁有些心疼，但也不敢開口說話，生怕擾了她的弦音。只見長門動作俐落，一、兩分鐘內便將斷臂包紮完畢。

「我早已經鎖定這個地方，但他們在巨腦外設立了層層結界保護壁，我這些貘日夜趕工，早餓壞了，力量不足，所以需要你這天生能破解一切結界的怪小子。嗯……」紳士吁了口氣，望著張意。「只有你和長門，其他人呢？」

「我們分散了……」張意這麼說，突然感到頭頂有團東西掙扎起來。

「紳士，幫個忙！」摩魔火還困在艾莫的小型束縛結界中，擠成一團球狀，痛苦掙扎著；紳士伸指對著摩魔火比劃半晌，解開困縛摩魔火的結界。

「現在怎麼回事？」摩魔火急急地問：「我們攻進巨腦裡了？然後呢？」

「然後？」紳士聳聳肩。「然後就要開始大肆破壞啦，只是——」

紳士還沒說完，突然感到後方被大貘鑽地車掘出的長道遠處，逼來一股凶烈殺氣。是邵君將那突襲衝撞她的大貘鑽地車拆得四分五裂之後，凶猛追殺過來。

「只是什麼？」摩魔火追問。

「只是這巨腦太大了。」紳士說：「得花上不少時間。」

「那……」張意問：「那我們現在該做什麼？」

「做什麼？」紳士朝著往鑽地車追竄而來的邵君揮了揮手杖。

後方百來隻貘同時昂首，鼻子噴氣，築出一道一道牆攔阻邵君，再被邵君一一擊裂，她摘下了全部的戒指，朝著鑽地車瘋狂殺來，還接連打死一隻隻貘。

「當然是保護這台大傢伙和這些貘啦。」紳士持著手杖敲了敲這大貘鑽地車，再朝竄來的邵君揮了揮杖，令更多厚牆在邵君面前掀起或是落下，再被邵君一一擊裂。

「師弟，你呆著幹啥，幫忙呀！」摩魔火揚動毛足，大力拍打張意腦袋。

「別燒我頭呀師兄，艾莫剛剛不是說了……」張意哇哇大叫。「壞大哥的力量都被巨腦接收了，我的戒指沒辦法用巨腦的力量，我無能爲力呀……」

「艾莫說的沒錯，巨腦接管了黑夢，但是——我現在正在接管巨腦。」紳士單膝蹲下，以手杖托了托箱中張意胳臂。「你再試試看。」

「唔！啊！」張意突然覺得流經他體內那一股股古怪電流，一下子增大了十倍不只，但卻八分進、二分出，巨大的怪力不停往他胸口和雙手上囤積。

他對這股力量並不陌生——與過去他戴著戒指感應到的黑夢力量有九成相似，是這些貘造出的擬黑夢。

紳士用手杖挑著張意左手，讓他的手對準了飛快竄來的邵君，說：「現在你試試看，能不能給她點顏色瞧瞧。」

「給她點顏色？」張意被源源湧入體內的擬黑夢力量塞得胸口發悶，但同時也感到紳士的手杖猶如一塊奇異磁鐵，引導著湧入體內的力量往他雙手凝聚，他照著紳士的說法，對飛衝而來的邵君高聲大喊：「妳這女怪物，趕快給我滾去撞牆——」

邵君雙眼閃耀凶光，像是一點也不受張意影響，她正想回些什麼，卻轟隆撞上一面平空掀起的巨大燈箱招牌——

這巨大招牌上的圖形，是一張撲克牌，牌面正是黑桃二。

「喝！」邵君整個身子被嵌在這大招牌裡，她雙眼炸出凶光，猛一掙扎，將招牌擊毀撕爛，繼續追來——然後又被另一面招牌攔下。

這些閃亮亮的大招牌，似乎比那些小貘鼻子呼出的厚牆還要結實，令摘下全部戒指的邵君，竟得使出七、八分力，才能突圍往前。

「哦！哦！」紳士用手杖托著張意手腕，雙眼發光，欣喜地說：「你這小子的力量原來這麼好用，你怎麼不早跟我們說呢？」

「我……我根本不知道我的能力可以這樣子用呀……」張意比手畫腳地召出更多招

牌攔阻邵君追擊。

「等等！」摩魔火急急地問：「紳士，你現在是讓這些貘將魄質轉移到我師弟身體裡讓他使用擬黑夢？這樣的話，這台大鑽地車和這些貘，還有力氣破壞巨腦嗎？」

「放心，摩魔火。」紳士哈哈大笑。「這些貘以夢爲食，但偏偏大部分的黑夢都在地上；這些貘日夜趕工，大部分時間都藏在地底造擬黑夢，一直沒有好好進食，餓得暈頭轉向，但現在不一樣了——你們現在看到的一切，全是他們的食物。要是不分點力量給小老弟張意，我倒怕他們撐壞了肚子呀。」

張意和摩魔火聽紳士這麼說，只見跟在大鑽地車後的百來隻貘，一個個張開嘴巴甩動鼻子，四處亂鑽亂咬，像是一群餓壞的野鼠，鑽進了大起司裡——

一個將近棒球場大小、接管了整座黑夢的巨腦口味大起司。

百來隻貘隨著大貘鑽地車一同挖掘、吃食著四周巨腦、咀嚼著無數夢境，沿途建造擬黑夢，再將吞下肚的夢，透過擬黑夢甬道，送往帶頭的大貘鑽地車，讓車上那些小貘，將之源源不絕地傳至張意體內，讓張意自由控制。這些擬黑夢雖不像壞腦袋的黑夢能夠控制他人心智，但已經足夠與摘下全部戒指的邵君正面抗衡。

「這擬黑夢雖然沒有黑桃二那麼大，至少也有紅心二、方塊二的程度吧。」紳士瞥了張意一眼。

「是啊！」張意猛一揮手，掀起一面更加巨大的大招牌，轟隆砸在邵君臉上，將邵君砸得往後仰退，翻了好幾個跟斗，他興奮地朝著邵君大聲吼叫：「我的大老二回來啦，妳不是想見識一下嗎？王八蛋！」

「喝！」邵君全力往前追來，還張開嘴巴挑起舌尖，像是想要催動巨腦的力量與之抗衡，但四周卻全無反應——因為邵君此時身處之處，正是這些貘沿途造出的擬黑夢甬道，不受邵君戒指控制。

轟隆！

又一張巨大招牌轟上邵君那張開的大嘴，再次將她打得向後翻仰滾出幾個圈；離邵君較近的群貘也跟著張意一齊施力，呼出一團團落石厚牆往邵君身上堆砸，像是想將她活埋一般。

「繼續前進，吃飽一點，才有力氣直接在巨腦裡蓋大樓，一路蓋進萬古大樓。」紳士哈哈大笑。

但他的笑容隨即停止。

像是瞥見了什麼。

「吼——」摩魔火在張意腦袋上豎起了火毛，複眼似要射出暴怒火光。

大貘鑽地車鑽出的蜿蜒甬道上，本來閃耀著無以計數的夢境，但此時一幕幕夢境逐漸變成了相同畫面——

那是一個閉著眼睛的年邁女人、像隻木偶般垂吊在半空中的畫面。

淑女。

淑女背後還有個女人，是麗塔。

麗塔下半身埋在一個古怪肉瘤中，那肉瘤四周也閃動著各式各樣的夢境畫面；她閉著眼睛，雙手十指閃耀著奇異流光，那些流光如同細絲，爬上淑女臉龐，鑽入淑女雙耳。

然後，淑女睜開了眼睛，嘴角微微上揚起來，擺出了一個古怪而僵硬的笑容。

「哦，原來妳爲了控制巨腦，讓自己的身體與巨腦合而爲一。」紳士淡淡地說：「這表示你們眞的被我們逼急了，不惜犧牲自己的身體加速趕工。」

「親愛……的……」一幕幕畫面上的淑女，咧著古怪笑容，雙眼睜得極大，搖搖晃晃地走動起來。「你……可以……來救我嗎？我……我變成俘虜了……」

「艾莫，你妻子的演技實在太拙劣了。」紳士笑著搖搖頭。「她才不會叫我親愛的呢，只有我會這麼叫她。」

「你不來救我，就再也救不到了。」淑女腦袋胡亂搖晃起來，竟將衣服一件件褪去，還緩緩轉起圈來。「你看……我的身體是好的……他們沒有傷害我的身體，你知道為什麼嗎？」

淑女老邁的軀體上，除了攻入萬古大樓作戰時捱了些許皮肉傷外，並不像其他敢死隊成員受盡百般殘虐。

「知道呀。」紳士微笑地說：「你們想讓我以為自己能夠成功救回她，令我分心救人，而耽誤了任務。」

「什麼？你不救我？你不愛我了？」淑女歪扭著身子，笑臉變化成哭容，說：「幾十年的夫妻恩情，比不上你的任務？」

「要是淑女知道我為了救她，放棄任務，她肯定要跟我離婚了。」紳士嘻嘻笑地說：「而且我如果爲了救她，導致任務失敗，我又怎麼能夠眞正救出她呢？」

「你好無情，我看錯你了。」淑女露出了怒容，一把在自己的臉上抓開五道裂口，皮開肉綻，鮮血嘩啦灑下，染紅了她大半邊身子。

「我猜猜看，她現在在幹嘛呢？」紳士淡淡一笑，閉起眼睛，猜想著淑女此時意識，應該在腦袋結界中的雪白別墅窗邊悠閒地看雲。「她一定挑第三扇窗邊，雖然我覺得第二扇窗子的景觀最好，但她偏好第三扇窗子，那窗子可以見到一棵掛著鞦韆的樹，以前我們的孩子最喜歡那個鞦韆。」

「無情的男人！」淑女扯著喉嚨嘶吼，雙手在臉上、身上扒出一道道血痕，且像是孩童拆卸玩具般，細細碎碎地拆解起自己的身體。

「紅茶。」紳士哦了一聲，緩緩地說：「她一定端著一杯紅茶，桌上還有另一杯，是留給我的，雖然我現在不在她的身邊……她自己那杯紅茶只加了一匙糖，她不是那麼愛吃甜；留給我的那杯紅茶，有三匙糖，肯定好喝得不得了……」紳士說到這裡，乾笑地連連咳起嗽來。「桌上應該還擺著一塊起司蛋糕……」

「無情的男人，快看吶，這些你全都不要啦？」淑女像是揭開外套般，揭開了自己的腹腔，令內臟撒出體外，捧起一團內臟，像是在向紳士展示一樣。

「噫！」小迪奇像是注意到了什麼般地呀呀怪叫起來。

巨貘鑽地車猛地扭頭，令鑽頭轉向，整台車拐了個大彎，轉向他處。

紳士在鑽地車轉彎的同時，見到一個人影嵌在巨腦層層畫面後頭，正是開腸破肚的淑女。

「負心的男人呀、無情的男人呀！」淑女身陷在巨腦夢境層中，彷如泡在水裡，追著鑽地車奔跑，不時奔到鑽地車前方試圖攔阻鑽頭，都讓小迪奇指揮著大貘轉頭，以免撞上淑女。

「呀——」淑女終於自巨腦壁中撲出，躍上鑽地車，大力打了紳士幾巴掌，高聲尖吼：「你不愛我啦，無情的男人！」

紳士愣愣地望著淑女，抬手輕輕撫了撫她那用五指扒出條條血痕的臉龐，喃喃地自語起來：「人的肉身總會老去、漸漸難看醜陋，但我們的心，仍能一直維持美好……」

「你好無情呀！」淑女咧開嘴巴、垂下舌頭，淒厲凶吼起來，接著雙手一勾，自紳士肋下插入他身體裡。

一把握住紳士的心臟。

「這麼無情的心，不如摘出來吃啦！」淑女與甬道壁上的麗塔，同時仰頸大笑起來——然後隨即驚訝地瞪大眼睛。「爲什麼摘不下你的心？你在自己的心上動了什麼手腳？」

紳士嘴角灑開一片血，雙眼微微泛紅，微笑地說：「從我知道她任務行動或許不順的那一刻起，我的心已經碎啦，就算讓妳摘出來，也是爛糊糊的一灘泥，絕對不好吃呀……」他這麼說的時候，雙手扣住淑女雙臂，手上閃耀起一陣陣光芒，全往淑女眼耳口鼻裡鑽。

「往右八十七度、仰角四十四度，距離我們——」紳士閉了閉眼睛，淌下眼淚，然後再張開。「四百二十八公尺。」

「呀——」小迪奇尖吼著，大力搖動駕駛座上幾柄搖桿，大貘鑽地車轟隆隆地再次轉向，且斜斜朝上方鑽去——

那是麗塔的藏身之處，是巨腦最核心之處。

09死不認輸

「哦——」

安迪微微仰頭，閉起眼睛，感受著萬古大樓外劇烈魄質變化，及一陣自地底往上傳來的奇異震動。

由於他身處在萬古大樓高處樓層，大樓外並沒有與其他黑夢建築相接，因此遠處窗邊可以見到樓外天空。

天空上方，正閃耀著五顏六色的光芒，和一陣又一陣的激戰爆炸聲。

那是郭家地窖千把囚魂傘，與王寶年傘房萬把囚魂傘，在空中交撞互擊時炸出的焰光。

安迪睜開眼睛，嘴角泛笑，胸前那圈著戒指的項鍊微微飄起，小鎖頭咖啦自動解開。

安迪接住了那戒指，戴上尾指，他的雙眼閃動著炙熱的光火，腳下地板彷如融冰般迅速化開一個大洞，他單膝蹲下，從腳邊洞口望著正下方的伊恩，笑著說：「告訴你一個好消息跟一個壞消息。好消息是，你們苦等的協會援軍終於來了；壞消息是，巨腦已經成功接管黑夢了。伊恩，我不厭其煩地再次提醒你，這場比賽，我贏了。」

「……」伊恩低頭望著左手掌，再望向右手七魂，此時伊恩最後一顆人身果化成的人身已經長成，那果實比先前幾枚果實都長得更好，因此伊恩長出的人身也最爲完整；他緩緩舞動七魂，低頭對老金說：「我幾乎分辨不出現在的身體和過去有什麼不同。我讓那種草人外孫女與我們同行，是個正確的決定對吧——我的意思不是說孫大海不好，而是孫大海的年紀可能沒辦法陪我們熬過前頭幾段亂戰。」

「你在說什麼呀……」老金沒好氣地說：「人家在上面跟你說話，他說他贏了。」

「他說過好幾次了。」伊恩聳聳肩。「隨他開心吧。」

「……」安迪微笑地望著伊恩、望著自己的左手，像是準備驗證這完整複製了壞腦袋的全部，甚至額外透過小壞腦袋們，記錄下張意一部分能力的地底巨腦，究竟能夠發揮出什麼樣的威力。

他再將視線往下方洞口望去，卻已不見伊恩和老金。

伊恩和老金像是兩道閃電，同時往宋醫生竄去——宋醫生在感應到巨腦傳上的力量之際，也急著準備戴上戒指一舉擊敗伊恩，因而露出了破綻。

「喝！」宋醫生瞪大眼睛，猛然飛退，閃過兩道凌厲的切月紅光，急急戴上戒指，還沒來得及催動巨腦力量，幾道切月紅光再次迎面斬來，他狼狽閃避，被另一邊竄來的老金揮出的虎掌光團轟個正著，全身燒起金火。

同時，伊恩的身影飛快竄到他面前，宋醫生奮力扭身，勉強閃過伊恩右手七魂一斬，卻被伊恩左手持著刀鞘順勢劈在臉上。

就在七魂刀鞘撞上宋醫生鼻子的那兩、三秒間，七魂諸將幾乎同時現身，雪姑在宋醫生臉上蒙上一片綿密蛛網；明燈立時在蛛網外側貼上幾張符；無蹤的拳頭連珠炮似地砸在符上，把宋醫生的腦袋當成沙包狂擊，並將明燈符籙砸出一片火；老何巨掌一把抓住宋醫生雙腿；霸軍的重槍自下往上撩劈在宋醫生胯下；克拉克將狙擊槍管抵進宋醫生左耳孔砰地扣下扳機。

下一刻，伊恩卻未對宋醫生補上致命一擊，而是飛快轉身，朝著撲至他身後的奧勒劈出一刀。

奧勒眼裡、口裡全是火，吼叫著雙手一夾，雙掌將七魂刀緊緊扣住，他的雙手立時被刀刃旋起的切月紅光斬出了條條血痕——十隻指頭被斬斷六根，餘下四根也幾乎斷裂一半。

「吼——」奧勒對著伊恩吼出一團艷紅怒火。

伊恩矮身避開這團火，同時用七魂架開奧勒抬腳那記頂膝，繞到奧勒身後，朝著他背後劈出一刀，將奧勒斬得往前撞上宋醫生。

奧勒的後背破開一大條裂口，裂口濺出彷如熔岩般的亮紅鮮血，燒出熊熊大火；他雙手斷指也同樣濺出火血，將宋醫生一身西裝也燒起大火。

宋醫生奮力推開奧勒，一手摀著胯下、一手抹開臉上蛛網，狼狽滾開老遠；儘管他摘下全部戒指，但七魂一陣猛攻全打在他要害上，雖未對他造成致命傷害，卻也令他難熬得很。

他的耳朵還溢著光煙、鼻梁歪斜、眼鏡也破裂落下，奮力伸手，指著向他追來的伊恩，大聲說：「我命令你，扔下七魂——」

他話還沒說完，就讓切月紅光迎面劈上右胸近肩處，劈斷了他的鎖骨和大部分肩胛骨，使他的右臂幾乎要與他身體分離。

「你對誰說話呀？」伊恩冷笑，飛快躍遠，避開竄來的硯先生一記猛擊。

「他的肉身和人頭裡裝著的是果肉，巨腦控制不了果肉。」安迪舉著傘，遠遠加入戰局，指揮著硯先生追擊伊恩。「他斷手上布有嚴密的防護法術，即便使用巨腦力量，短時內也未必能制得住他——」

「……」宋醫生左手托著裂得幾乎要離體飛脫的右臂，正想施術接合身體，但硯天希隨即襲來。她與夏又離架起力骨，揚動破山大拳，對著宋醫生一陣狂轟猛擊，逼得宋醫生四處遊走，勉力以單臂指揮大手應戰，完全騰不出空替自己治療。

另一邊，伊恩小腿上貼著幾張明燈黃符，一雙腿奔得像是騰雲飛天，朝安迪疾竄而去。

安迪舉著青傘盯著伊恩斷手，揮了揮戴戒左手，令伊恩身前地板掀起好幾面厚重高牆——

硯先生就緊追在伊恩背後，只要稍稍阻下伊恩速度，就能令硯先生追上伊恩。

轟隆一聲，數面厚牆轟隆炸裂，自裂磚碎石煙塵中竄出的，竟是硯先生。

「吼？」硯先生左顧右盼，像是一下子還搞不清伊恩上哪兒去了。

安迪陡然高高躍起，頭下腳上地舉手對準地板，轟出一陣腥紅蝙蝠。

同時，地板已然裂開，切月紅光轟隆往上打來，與安迪打出的腥紅蝙蝠炸成一團——原來在安迪施展巨腦力量掀起厚牆攔阻伊恩攻勢時，伊恩斬破第一道牆後立刻轉刀切裂地板，遁入下方樓層，再踩著明燈黃符轉攻安迪腳下，狂暴追上的硯先生則是一舉撞毀所有厚牆，自然找不著伊恩。

安迪騰在半空，正想再次施展巨腦力量，突然覺得右手空虛得什麼也抓不著，才剛試用一次的巨腦之力，被切斷了電源般，突然不受他控制——

在這當下，安迪還不知道幾百層樓下，紳士剛救回張意，乘著大貘鑽地車鑿破白牆，領著上百餓壞了的貘，鑽入巨腦大肆吃食、破壞，讓剛接管黑夢不久的巨腦，立刻陷入混亂而暫停運作。

伊恩可沒放過安迪這極爲短暫的分心片刻，直衝向上，一刀刺入安迪左胸。

卻未刺深。

因爲被飛快竄至安迪身前的硯先生一把抓住了七魂。

硯先生左手抓著七魂，右手從伊恩左肩劈至右側腹，將伊恩這完美果身劈成兩半。

安迪奮力躍遠落地，催動全力指揮硯先生——

他胸口中刀處卻突然炸出古怪綠火，一張張明燈黃符從他傷處冒出；原來伊恩早先斬了安迪一刀，見安迪那血畫咒能快速癒傷止血，這第二刀裡便埋藏了十數種咒術和明燈黃符。

硯先生抓著七魂刀刃落下，此時安迪正全力壓制伊恩灌進他胸中的符術，尚未下令，硯先生便也沒有後續動作；而伊恩那上半截果身，還緊緊握著七魂刀柄，身體斷處淌落一團團果肉，冒出異煙。

切月紅光乍起，在硯先生手上盤旋飛斬起來，將硯先生手掌、胳臂上割出條條血口——千年狐魔硯先生的骨肉自然比奧勒、宋醫生、安迪更爲堅韌，切月僅割開了硯先生手腕皮肉，卻切不斷硯先生腕骨。

「噫！」硯先生露出怒容，不停對著安迪齜牙咧嘴起來，像是在催促安迪趕緊下令一般。

「別客氣，上吧。」安迪向硯先生點了點頭，示意他出擊，跟著低頭望了望胸口創處像是火山爆發般竄出各色光爆，那是伊恩刺進他胸口的十餘種咒術持續發動的效力。

「眞厲害……」

啪啦一聲，硯先生捏斷七魂。

下一刻，硯先生另一手飛快掐住伊恩脖子，且也一把掐斷。

伊恩腦袋歪歪斜斜地一垂，殘餘的半邊果身倏倏冒出煙霧，與獨目斷手相連的胳臂部位也碎散開來，獨目斷手啪啦一聲摔落下地。

他的斷手仍緊緊握著七魂斷刀。

斷刀發出一陣劇烈的震動，幾道蛛絲穿透了伊恩斷手手掌，快速結成一隻銀色巨蛛，張開大牙，竟像是要咬噬伊恩斷手——被陡然現身的無蹤幾拳打歪大牙。

但無蹤隨即也像是心智錯亂般抱頭吼叫起來，又與紛紛現身的霸軍和克拉克扭打起來；明燈在斷手上貼上幾張黑符，燃起鬼火燒灼斷手；老何大掌即時撲滅了火，搶得伊恩斷手，卻突然想要一把捏碎斷手，再被雪姑蛛絲捲住阻止。

搶到最後，雪姑蛛絲貼滿著明燈黃符，纏著老何巨掌；老何巨掌又分別抓著霸軍和無蹤的一隻腳；無蹤和霸軍胳臂架著胳臂，又同時揪著克拉克的狙擊槍；眾人手架著手、腳卡著腳，糾纏成一團，將伊恩斷手緊緊抵在中央，誰也不讓誰。

老金遠遠見七魂刀斷、諸將造反、伊恩果身耗盡，急得連連怒吼，好幾次想來救人，卻被奧勒截住亂戰；老金帶著內傷，奧勒被伊恩劈了一刀，糾纏周旋半晌，一時也難分勝負。

儘管如此，伊恩仍未鬆手放下斷刀。

「哦——」安迪則像在看一齣精采好戲，望著被七魂爭來搶去的伊恩斷手說：「當年四指那些前輩們，在你七位好友身體裡施下凶毒猛咒，令他們對你恨之入骨，想讓你死在摯友手中……」

「你將他們關進七魂，用七魂刀和自身力量強力鎮著他們。」安迪緩緩往伊恩斷手方向走去。

七魂眾將見安迪走來，竟像是見著了主人般，紛紛停下動作，但都不想放開伊恩斷手，直到安迪伸出手想接伊恩斷手，眾將們這才收絲、撕符、縮腿、紛紛放開伊恩斷手——當初七魂眾人除了被施下必須全力搏殺伊恩的毒咒術令之外，也被施入必須效忠四指成員的命令。如今七魂刀斷，七魂不再聽從伊恩號令，深埋在魂中的四指咒術開始生效，令他們轉而將安迪視爲主人。

「你現在還不認輸嗎？」安迪緩緩將手朝伊恩斷手伸去。

但他微微一笑，停下動作，轉傘喚硯先生竄來自己面前，讓硯先生替自己接過伊恩斷手。

「幹嘛？你自認贏家，卻敢不用自己的手拿我的手？」伊恩冷笑。「握個手不好嗎？」

「你一刀能附上十三、四種咒。」安迪搖頭笑說。「誰知道你手上又藏著什麼怪把戲。」

「十三、四種？不只喔。」伊恩眨了眨獨眼，握著七魂斷刀的食指勾了勾。

安迪胸前刀傷本來平息的咒火，突然再次炸開——原來伊恩先前施在七魂刀上的咒術之中，還藏著幾種不會立即生效、要得到伊恩號令之後才發動的符術。

七魂斷刃上耀起一片紅色光影，在斷手上方凝聚成人形——

切月難得現身，她飛快揚動著一雙紅臂化爲幾道彎曲電光，竄過攔在安迪和伊恩斷手之間的硯先生，閃電般打向安迪。

安迪撇頭閃過一記艷紅突刺，同時，胸傷處再次炸開一片刺眼異光。

安迪矮身飛退，揚開血畫咒獸，像是想要抵擋切月後續突刺，同時轉傘令硯先生壓制切月。

但他猛地警覺不妙。

切月擊出數道紅光，但第一道突刺之後，其他紅光並未打來。

同時，他感到硯先生傘傳來了一股凶猛狂暴的反抗力量。

因爲切月紅光並未斬向安迪，而是斬斷四周好幾條協助安迪操傘的王寶年鐵鍊——安迪胸傷上炸開的煙和光，便是伊恩爲了讓安迪在第一時間內無法摸清切月斬擊走向而埋下的伎倆。

伊恩這輪突襲猛擊的目標並非是安迪本身，而是試圖逼迫硯先生與安迪反目。

磅、磅、磅、磅——

安迪胸口刀傷炸開更多咒術。

一隻閃動電光的怪鳥振翅往他臉上拍撲、幾隻凶鬼攀上胳臂搶傘、一團毒煙在他身邊噴發、數條飛蛇繞上青傘鎖鏈後燒出鬼火。

伊恩一口氣施出埋在安迪傷處的所有咒術，這些咒術的殺傷力都不強，但全都抱著同一目的——

妨礙安迪操傘。

「安迪，輸的人是你。」伊恩趁安迪操傘不順、硯先生激動反抗的瞬間，緊握七魂斷刃，自硯先生手中飛彈上空。

「吼——」硯先生小小的身子快速漲大，拱起獸背、伸出狐嘴、彈出狐耳與狐尾，手腳變化成獸爪，全身覆上黑毛。

「喝！」安迪奮力躍開更遠，一面施展血畫咒逼散伊恩那擾人咒術，一面全力壓制硯先生，同時，揚聲大吼：「王寶年，幫忙——」

此時萬古大樓窗外焰光更盛，一股股強大魄質在樓頂交撞互炸，十數架協會運輸直升機已經逼近頂樓。

王寶年像是也陷入了激戰般，甩下協助安迪操傘的鐵鍊，已經沒有先前密集。

硯先生逐漸化成一隻接近三公尺高的黑色大狐，兩隻狐爪張開了無數符籙光陣，一圈圈光陣在他狐臂四周堆疊出刺目耀眼的強烈光芒，竄出一隻隻巨大火鷹。

四周陷入一片火海。

《日落後長篇12》完

下集預告

萬古大樓之戰終於來到最後關頭，阿滿師千傘達陣、紳士碎心一擊、青蘋血浸神草、伊恩全力一搏，以及張意最後一張黑桃二——

日落後 / 星子著. -- 初版. -- 臺北市 : 蓋亞文化, 2016.12
冊； 公分. --（悅讀館）

ISBN 978-986-319-237-4（第12冊 : 平裝）

857.7 105004168

悅讀館 RE346

日落後 長篇 12

作者／星子（teensy）
插畫／BARZ
封面設計／克里斯
出版／蓋亞文化有限公司
地址◎台北市103赤峰街41巷7號1樓
電話◎（02）25585438 傳眞◎（02）25585439
網址◎http://gaeabooks.pixnet.net/blog
粉絲團◎https://www.facebook.com/Gaeabooks
電子信箱◎gaea@gaeabooks.com.tw
投稿信箱◎editor@gaeabooks.com.tw
郵撥帳號◎19769541 戶名：蓋亞文化有限公司
法律顧問／宇達經貿法律事務所
總經銷／聯合發行股份有限公司
地址◎新北市新店區寶橋路二三五巷六弄六號二樓
電話◎（02）29178022 傳眞◎（02）29156275
港澳地區／一代匯集
電話◎（852）27838102 傳眞◎（852）23960050
地址◎九龍旺角塘尾道64號龍駒企業大廈10樓B&D室
初版一刷／2016年12月
定價／新台幣 220 元
Printed in Taiwan

GAEA
ISBN／978-986-319-237-4

RE346
GAEA

After Sun Goes Down

日落後 長篇12

蓋亞文化　讀者迴響

感謝您在茫茫書海中選擇了蓋亞，您的支持是我們最大的動力。
不要缺席喔，讓我們一起乘著夢想的羽翼，穿越時空遨遊天地！

姓名：	性別：□男□女	出生日期：　年　月　日
聯絡電話：	手機：	
學歷：□小學□國中□高中□大學□研究所	職業：	
E-mail：		（請正確填寫）
通訊地址：□□□		
本書購自：　縣市　書店		
何處得知本書消息：□逛書店□親友推薦□DM廣告□網路□雜誌報導		
是否購買過蓋亞其他書籍：□是，書名：		□否，首次購買
購買本書的動機是：□封面很吸引人□書名取得很讚□喜歡作者□價格便宜□其他		
是否參加過蓋亞所舉辦的活動： □有，參加過　場　□無，因爲		
喜歡出版社製作什麼樣的贈品： □書卡□文具用品□衣服□作者簽名□海報□無所謂□其他：		
您對本書的意見： ◎內容／□滿意□尚可□待改進　◎編輯／□滿意□尚可□待改進 ◎封面設計／□滿意□尚可□待改進　◎定價／□滿意□尚可□待改進		
推薦好友，讓他們一起分享出版訊息，享有購書優惠 1.姓名：　e-mail： 2.姓名：　e-mail：		
其他建議：		

GAEA 蓋亞文化有限公司　收
103 台北市赤峰街41巷7號1樓

Gaea

Gaea